「……うん」
私は短く答えた。
多分――
こうなると思っていたから。

「少し前に話した、
彼と彼女の話の続きをしよう」

【不倒】
迷都最強クランの副長
タチアナ
迷宮都市最強クラン【薔薇
の庭園】の副長。ハルの
『楯』として最終決戦に赴く。
【雷姫】
レベッカ
育成者の指導を受け、
才能を花開かせた冒険
者の少女。ハルの『剣』
として最終決戦に赴く。

辺境都市の育成者
ハル

辺境都市の廃教会に住む青年。実態は大陸に名が響く弟子たちを育てた【育成者】

謎多きギルド職員
エルミア

ギルド職員をしているが、実はハルの弟子の最古参。

意志持つ魔杖
レーベ

ハルが大陸の危機に備えて作った魔杖。人間の形態に変化することもできる。ハルとレベッカを親のように思っている。

辺境都市の育成者 6

The mentor in a frontier city

伝説の育成者
The Legendary mentor

「改めまして――タチアナです。
レベッカさんとは恋敵ですけど、
仲良くしていただいています」
王国旅館、温泉、妹と。

レベッカの妹
シャロン・アルヴァーン
遠く離れた姉のことも大事に想う心優しき少女。精霊に好かれやすい体質。
「あのあの……あ、姉様。この方は、その……いったい？」
「……まぁ――友人、よ」

「【黒雷】」

「効くものかよっ!!!!!!」

【剣聖】

三日月冬夜
過去、ハルとともに世界を救い、その後世界に反逆した大英雄。老人だったが、禁忌の力により若返った。

VS【剣聖】

北方の風が吹き――
百年前に植えられた世界樹の子が、
私を励ますように音をたてて、枝を揺らしました。

辺境都市の育成者6

伝説の育成者

七野りく

ファンタジア文庫

3223

口絵・本文イラスト　福きつね

CONTENTS

辺境都市の育成者

6

伝説の育成者

The Legendary mentor

CHARACTER

〈登場人物紹介〉

ハル

【辺境都市の育成者】。黒髪眼鏡の謎の青年。

レベッカ・アルヴァーン

【雷姫】。ハルの教え子で彼を慕う。

タチアナ・ウェインライト

【薔薇の庭園】副長。異名は【不倒】。

エルミア

ハルの傍にいる白髪メイド服少女。最古参の教え子の一人。

タバサ・シキ

十大財閥の一角【宝玉】の跡取り娘。快活な性格。

ニーナ

タバサ付メイドでハルから菓子作りを習っているハーフエルフ。

メル

大陸に武名を轟かす【盟約の桜花】副長。【閃華】の異名を持つ。

ラヴィーナ・エーテルハート

【星落】の魔女。最古参の教え子の一人。

ユグルト、ユマ

世界とハルに復讐しようとしている謎の黒外套達。

春夏冬秋(あきなしあき)

世界を救った【勇者】。故人

プロローグ　帝国辺境都市ユキハナ　廃教会

「あら？　珍しい。お久しぶりね、ソラ兄様」

「……その台詞、そっくりそのまま返してやる。あと『兄様』は止めろ、ラヴィーナ。お前みたいなおっそろしいのを、妹に持ったつもりはねぇよ。で、どうして此処に？　あいつはいねーぞ」

誰もいない筈の廃教会。

そのキッチンで可愛らしいエプロンを身に着け、紅茶を淹れようとしていた少年は苦々し気にそう返してきた。

黒様――今はハルを名乗られ、ここ、帝国辺境都市ユキハナで【育成者】をされている我が最愛の師と同じ黒髪。『美少年』としか言えないその顔は歪み、不機嫌そうだ。

……南方大陸に赴いている黒様の留守番、か。

何だかんだお願いされると、出て来るのよね、この兄弟子は。

事情を察した私は、蒼銀髪を払って、懐かしい木製の椅子に腰かける。

「妹弟子達との楽しい楽しい魔法開発の帰りよ。黒様が留守なのも知ってる。あ、紅茶、丁寧に淹れてね？　私、繊細だから……」

「はっ！　【龍神】の血族を嗤いながら殺した怖い魔女が言う台詞じゃねぇな、そいつは。俺があの後で、どんだけハイエルフ共に詰られたか、教えてやろうか？」

「あら？　喧嘩なら買うわ」

即座に魔法の短剣を数十放つ。

仮にも私――【星落】ラヴィーナ・エーテルハートの魔法。

普通の者ならば、最初の一撃で確実に死ぬ。

……が。

「へーへー。砂糖とミルクは？」

「……普通りで」

短剣は少年の前で悉く掻き消えた。

【魔女】をも超える凄まじい魔法障壁。ソラにとってこの程度の魔法は微風なのだ。

世界最強の前衛後衛を謳われる【十傑】。

その中においても、やはり格が存在する。

今、私の前で、見慣れぬ白と黒の子猫にじゃれつかれながら、丁寧に紅茶を淹れている【神剣】ソラ・ホワイトこそ、紛れもなく最強の剣士なのだ。

六英雄筆頭【勇者】春夏冬秋を継ぐ者は伊達じゃない、か。

私は可愛い妹弟子達──【本喰い】ナティアと【灰燼】ハナが持たせてくれた、螺子巻き街の名物『本菓子』をテーブル上の皿に取り出す。変な名前だが、美味しいクッキーだ。

「で？【龍神】の監視は？　拾った可愛い北方兎族の姉妹はどうしたの？？」

かつて黒様に拾われ育てられた私達も、今では世界各地に散っている。

この兄弟子は世界樹の麓で数百年沈黙している【龍神】を監視しながら、何処ぞで拾った獣人の姉妹を育てていると、風の便りで聞いていた。

少年は答えず、目の前に青磁のカップを置く。私が以前使っていた物だ。

黒様、今まで取っておいてくれていたっ⁉

自然と身体が揺れてしまう。私にとって、あの人は全てなのだ。

そうこうしている内に、空いている椅子へ子猫達がよじ登ってきた。どうやって廃教会内部に紛れ込んだのだろう？　……微かに世界樹の魔力も感じるけれど。

ソラが椅子に腰かけ、私のカップにミルクを入れてくれながら、教えてくれる。

「『廃教会を当分留守にしないといけないんだ。留守番を頼めないかな？』ってあいつに頼まれたからな。俺は義理堅いんだよ。小娘達は反抗期だ。『私達よりも、ハル様を優先するなんてっ‼』って、散々ごねられたぜ……」

「ふぅ～ん……ありがとう、兄様★」

「…………」

自分のカップへ砂糖とミルクを山盛りに入れつつ、ソラは渋い顔になった。

『兄』と呼ばれるのが、昔から大嫌いなのだ。

紅茶をティースプーンで掻き混ぜ、少年が私へ淡々と聞いてくる。

「お前はどうなんだ？　『独り立ちするように』って黒に言われて……ああ、今は『ハル』だったな。あいつに向かって散々泣き喚いた後、世界を放浪してんじゃなかったのか？」

私は視線を逸らし、窓の外を見た。

色とりどりの花が咲き誇り、小鳥達が鳴いている。

かつて黒様が、『叶えなければならない彼女の夢の一つ』と語られていた光景だ。

「……帝都でちょっと、黒様と喧嘩したくらいよ。もう仲直りしたけど」

焼き菓子を幾つかソラへ投げ、早口。

「あん？」

兄弟子は小首を傾げた。無駄に可愛いのが腹立たしい。

エプロンを外し、くっついていた布切れを子猫達へ放り、足を組む。

「あ～……星が落ちた、と思ってはいたが、お前だったのか。何だ？　遂にあいつ離れする決心がついたのか？」

「はぁっ⁉」

「い、いや、怒んなよ……」

接近戦であれば私ですら圧倒する兄弟子は、おどおどした様子でそっぽを向いた。

紅茶を飲み干し、愚痴る。

「……エルミアが許されているのに、私が御傍に侍れないのはおかしいわ。貴方もそう思うでしょう？　ねぇ、味方してくれない、兄様？」

「兄様はよせって何千回も言ってるだろうがっ！　……続きを話せ」

エプロンを丁寧に畳み、私のカップへ紅茶を注ぎながら、ソラは短く促してきた。

自分では否定するだろうけど、この兄弟子は黒様の優しさを受け継いでいると思う。

「あ、こら！　お前等、あんまり椅子の上で暴れんなっ！　勝手に、世界樹からついてきやがってぇ……お、怒るぞっ！　本気だぞっ‼」

……子猫相手に怒っている姿を見てしまうと、格好良さについては大減点だけど。

両肘をつき、端的に説明。

「小事があってね――ハル様は近々【魔神】を封じられるつもりよ。その関係で、ナティア、ハナと魔法の案を練っていた、ってわけ。ま、土台にする杖と【女神の涙】の加工が終わらない限りは画餅だけど。封印の魔法は後で試し打ちしてみるわ」

「【魔神】については聞いてる。あいつ、筆まめ過ぎるんだよなぁ。もう、俺は子供じゃないってのに」

そう言いながら機嫌良さげに、兄弟子は子猫達を自分の膝上に乗せた。

けれど、私はジト目。

「……手紙？　私は全然貰えてないのに？　ふぅ～ん……」

嫉妬の炎が胸の中を荒れ狂う。

黒様のいけず！　薄情者っ‼

釣った魚には餌を――……くれるけど、そういうことじゃなくてっ！

『残念でした。ハルの傍にいるのは私だし？』

帝都で遭遇した、新しい【剣】――レベッカ・アルヴァーンの顔が脳裏に浮かんだ。

……今度会ったら排除しないと、ね。

私は、腰の短剣【沙羅双樹】に触れ、決意を固める。

泥棒子猫な妹弟子には可愛くても折檻をっ！

魔力が漏れたせいか、ソラの膝上の白猫が少し震えた。

私は動物に好かれない。ラカンくらいだ、怖がらないのは。

黒様の夜話だと、エーテルハートの始祖もそうだったらしい。

その師だった、人族で初めて魔法を学んだ【始まりの魔法士】エーテルフィールドは、獣や精霊に好かれたらしいのに……今度、接し方を西都のルナへ聞きに行こうかしら？

今後の予定を考えていると、兄弟子の瞳が私を捉えた。

「あ～……少し真面目な話をしてもいいか？」

「ええ、勿論」

室内の空気が変化していく。

庭の小鳥達が一斉に飛び立ち、強い風が窓を鳴らす。

目の前の少年こそが、【六英雄】亡き後、世界を守護している存在だと再認識。

まともに戦えば、私の勝ち目は殆どないだろう。

椅子に立てかけてある古めかしい剣の柄に手をやり、ソラが口を開く。

「【龍神】はこの世界にもう一切の興味がない。世界樹の麓にいるハイエルフ達や龍達とも、長らく言葉を交わしていないようだしな。……理由は知らん」

かつて、この世界は【女神】【魔神】【龍神】という【三神】によって支えられていた。

だが、今の世に残っているのは世界樹の頂点にいる【龍神】のみ。

最後に姿を見せたのは――……私が直系の龍を殺した時だろう。

ソラの瞳に刃の如き怜悧さが浮かんだ。

「だが……【龍神】を信じる龍達の一部は、世界がもう人の世になっちまってることを未だに認めちゃいない。『下等で、矮小な者達がっ！』と叫んで、【龍神の使者】を勝手に名乗っているらしいしな」

人が魔法を使えなかった長い長い時代――龍は世界の王者だった。

そして、使えるようになった後の時代でも、龍は暴威を振るった。

長い寿命を持つ種故に、過去の栄光を忘れられないのは多少理解出来る。

私自身に意識は薄くとも、【魔女】という種族も同じだからだ。

まぁ、そんな龍や魔女であっても、世界最北方【銀嶺の地】からやって来る上位の【銀氷の獣】には勝ちきれなかったけれど。

「で……そいつらの動きが、だ。ここ数十年やたら奇妙だった。帝都を襲った龍の群れ、覚えてるか？」

「勿論。あの襲撃は愉しかったわね」

私はころころと嗤う。

帝国帝都を突如として襲った数十頭の龍。

中には、【龍神】の命でなければ動かない筈の直系龍もいた。

対して此方は——黒様の命を受け、参集した私達、最古参の面々。

激戦ではあったけれど、心から楽しかった。

ソラが腕組みをし、零す。

「よくよく考えてみれば、あれもおかしかった。大体の龍は自分達の力に驕っていやがるが、決して馬鹿じゃねぇ。数十頭で帝都を……しかも、ハルと俺達の介入があることを知っていながら、どうして強襲をした？　たとえ、ロートリンゲンが世界樹に——【龍神】の禁域に踏み込んだとしても度が過ぎていやがる」

二百年前の『大崩壊』。

生き残っていた【六英雄】——【剣聖】と【全知】が世界に戦いを挑んだ大戦の末、黒様とアーサー・ロートリンゲンは幾つか約定を結んだ。

その内の一つ——『ロートリンゲンが口伝を忘れない限り、これを助ける』。

故に帝都を襲えば、私達の迎撃で大打撃を受けるのは必定だった。

黒様は『龍とはそういう種族だよ』と仰っていたけれど……兄弟子が独白する。

「龍にとって最大の泣き所は『数』だ。人に比べて、【龍】っていう種族の絶対数は少なすぎる。世界樹の頂上で微睡んでいる【龍神】とその直系共が出張れば、話は別だが……」

「【女神】【魔神】亡き今、龍の強者達が世界樹を離れ、多数出現すれば世界の均衡を大きく崩し、【銀氷の獣】をこちら側に呼びかねない。私が直系を倒した時ですら本格顕現しかけたものね」

龍という存在は良くも悪くも、人よりも強大だ。

――それ故、派手に動けば星全体に大きな影響を与え得る。

ソラが憮然としながら、軽く左手を振った。

「ハルも手紙で書いてたし、俺も同意見だが……今はもう『神の世界』じゃない。『人の世界』が始まりつつある。古い神々の出番はほぼ終わったんだ、龍も含めてな。……何れ、【獣】もそうなる。その無念を利用する執念深い男もいるみてぇだが。ほらよ」

そう言って、少年は手紙を差し出してきた。私が誰よりもよく知る魔力。

――ドクン。

心臓が高鳴った。

挙動不審になりながら、受け取り、目を走らす。

黒様が書いた文字に頰が緩むのを感じつつ――私は驚愕。

「……【剣聖】三日月冬夜、生きて……？」

ソラが立ち上がり、キッチンへ。炎の魔石にポットをかけながら、淡々と零す。

「人の執念、ってやつだろうな。あいつの『祝福』を受けて不老じゃなくなったってのに、死にきれなかったんだろ」

【勇者】【全知】【剣聖】【賢者】は理外の存在。

この世界の人ではなく、不死でなくとも不老だった。

——それは【三神】の呪い。世界の為に永劫戦い続ける力。

黒様は何時もそのことを悲しんでいた。

そこまで考え——私は気づく。

黒様の教え子の中でも、純粋な戦闘力だけなら五指には入る私達が、戦場ではなく廃教会へ行くよう指示された意味。

老いたトウヤ兄を討たせるわけにはいかないから。

……私達に剣技を教えてくれたのは、【剣聖】だった。

気付いている筈なのに、変わらない兄弟子の背へ話しかける。

「……帝都で【全知】の子を見かけたわ」

「子？　……いや、ないな。もしそうなら、龍共がもっと荒れてる。【六英雄】は余りにも強過ぎた。理外の存在としか子を生せない程に。第一、あの連中を呼び込む召喚魔法陣は、二百年前に全部破壊したろうが？　【女神】と【魔神】もいなくなってるし、そいつは無理な話だろ」

「じゃあ……」

いったい、と続けることが出来ず、私は沈黙。

あの黒外套達が使っていた【渡影術】——影から影へと逃げていく魔力に違和感はなく、人そのもの。

けれど同時に【全知】は錬金術を極め、現世の技術の彼方を突き進む男だった。

まさか、世界の理を曲げて、子を『創り出した』……？

振り返り、ソラは大きく頭を振る。

「真相はしらねぇよ。見てねぇしな。でも——」

【神剣】の視線が私を貫く。

「俺が気づいているんだ。俺達のお師匠様が気づかねぇ筈ないだろう？」

「…………」

確かにそうだ。

つまり、黒様はあの黒外套達を想って口を閉ざされている。

足下に寄って来た子猫達を抱き上げ、ソラが零す。

「【全知】は——一ノ瀬夏樹は、とにかく優しい奴だった。一度は世界を滅ぼそうとしやがったし、俺も煮え湯を飲まされた。二度とやりたくねぇ。あいつは、歴史上出現した数千とも、数万とも言われる理外の存在の中でも、三指に入ると思ってもいる。やり方次第で世界を滅ぼしえた、とも。……でもな？」

少しだけ懐かしそうに目を細めた。

白と黒の子猫達がソラの腕を脱出し両肩へ登っていく。

「夏樹は約束を絶対に破らねぇよ。だからこそ、冬夜を除く他の大英雄達に信頼されていたし、ハルも、俺達もその言を信じた。『僕はもう二度と世界の表舞台には立たない。ひっそりと、秋を……僕が恋した女の子を弔っていきたい』という言葉をな」

「…………」

アキ姉は太陽みたいな人だった。

誰しもが恋をし、焦がれ、同時に手を出せなかった。

――本人の瞳に映っていたのは、たった一人。黒髪の青年だけ。

私も席を立ち、意を決して黒い子猫に手を伸ばし、抱き上げた。

にゃーにゃー、と小さく鳴くも――大人しく腕の中で丸くなる。

私を怖がらないなんて、可愛い子！

「なら――『全知の遺児』を名乗る連中が、ちょろちょろと走り回っているのは何故？」

「決まってる。舞台に性懲りもなく舞い戻った、最後の大英雄様が騙していやがるんだろうさ。……冬夜は秋が死んで以来、何一つとして変わってねぇんだろう。あいつと、アーサーに！　真正面から挑み、完敗したあの日から、なっ！　こら、逃げんなっ‼」

白い子猫を抱き上げようとするも、器用に逃げられ、頭に登られた兄弟子は、諦めて腕を組んだ。ポットが白い湯気を出し始めている。

「……まぁでも、少しばかり違和感もある」

「と、言うと？」

私は兄弟子の頭の上で勝ち誇っている白の子猫を摘まみ上げ、腕に抱きかかえた。

黒白、二匹揃うと無敵の可愛さね！

そんな子猫達へ『裏切り者めっ！』という恨めし気な視線を叩きつけながら、ソラは額を押さえた。

「【剣聖】三日月冬夜は強大な存在だ。全盛期だったら俺も勝てるかは……いや、まず負けるだろうな。でも、今の奴はどうだ？　『大崩壊』から二百年。若返り薬を服用しようが、なにしようが、あいつの『祝福』とは釣り合わねぇ。今の力は衰え切っていやがるだろう。そんな老いた大英雄が世界を滅ぼす？　無理だ。世界はそんなに甘くねぇよ。お前も知っての通り、世界滅亡をほぼ成し遂げたのは史上でも唯一――」

ソラが私を見て、誇らしそうな笑みを浮かべた。

「荒れ狂う雷嵐だった【黒禍】のみだ」

私のそれなりに回る頭は、黒い子猫を撫で回しながらも答えを導き出す。

「つまり――」

「ああ、協力者がいる。同盟、王国、女神教、龍族の強硬派なんてちゃちな連中じゃねぇぞ？　……もっと、もっと恐ろしい奴だ。あいつが選んだ新しい【剣】と【楯】は、そんな苛烈な戦場を生き残れるかね？」

「…………兄様」

レベッカ・アルヴァーンとタチアナ・ウェインライト。

【神剣】【蒼楯】に代わる新しき黒様の【剣】と【楯】。

その苛烈さを誰よりも知る、かつて【剣】を務めしソラ・ホワイトは、腰に提げている魔短刀【祇園精舎】の美しい鞘に触れた。

――【勇者】に世界を託された英雄の横顔。

「ラヴィーナ、覚悟はしとけ。近々王都ででかい戦が起こるだろうが、そいつは序章にすぎねぇ。あいつや俺の見立て通り、神の世がいよいよ終わりを告げるのか、それとも、神の眷属共や、大乱を望む連中が勝ち……」

ソラは一旦、言葉を区切ると黒髪をかき上げ、不敵な笑みを浮かべた。

「人の世が終わるのか――はっ！　こういうでかい渦の中心点にはいつも、我等の育て親ありだ。似合わねぇ【育成者】の名乗りは、いい加減止めてほしいがなっ！」

第1章

【雷姫】レベッカ・アルヴァーン

「それじゃ、ルゼ。僕達は帝国へ戻るよ。一週間、泊めてくれてありがとう」

南方大陸。ルーミリア女王国首府アビラーヤ。

宮殿内庭で魔杖を振って三頭の黒鳥を召喚した黒髪眼鏡の青年――【育成者】を自称するハルは、長い白銀髪で雪のような白い肌の美女に挨拶をした。

美女の名はルゼ・ルーミリア。

【四剣四槍】の異名を持ち、世界最強【十傑】の一角。ルーミリア女王国の女王その人だ。

つい先日まで病に倒れ、一週間前に至っては【魔神】をその身に顕現させる、という信じ難い出来事があったにも拘わらず意気軒昂。心臓に《魔神の欠片》、魔宝珠【白夜道程】、ハルの魔短刀【盛者必衰】が埋め込まれているとは思えない。

後方に、黒髪と褐色肌の妹――ルビーを従えながら、ルゼは片目を瞑る。

「礼を言うは私ぞ？　また、すぐに会おう！　ハル、約束忘るるなよ？　私をこんな身体にしたのは、お前なのだからな？」

「「……む」」

私――レベッカ・アルヴァーン、白髪似非メイドのエルミア、黒髪で淡い翡翠色の着物姿のアザミが同時に不平の呻きを漏らした。

……この女王陛下、ハルに命を救ってもらったせいか、妙に馴れ馴れしいのよね。

唯一、花飾りを着けた長い金髪の美少女――【不倒】の異名を持ち、帝国迷宮都市最強クラン【薔薇の庭園】副長を務めているタチアナ・ウェインライトだけは、にこやかに微笑んでいる。

ハルはルゼに対し軽く左手を振り、何故か瓦礫の上にいる教え子へ話しかけた。

「スグリ、ラカンをよろしく」

「はいっすっ！」

背筋を伸ばし、大陸極東で着られているらしい白基調の民族衣装を身に着けた、狐族の少女は敬礼した。私もそうだけど、ハルに頼まれ事をされるのはとても嬉しいのだ。

対して、その隣にいる道着を着た二足歩行の猫――【拳聖】ラカンは腕組みをし、散々してきた話を蒸し返す。

「師よ。やはり、吾輩もそちらに。まだ見ぬ強敵との戦いにこの身を投じたく――」

「駄目だよ」「駄目だと思うわ」「駄目だと思います～」「駄目」「駄目っすっ！」

「ぐぬぬ……」

ハル、私、タチアナ、エルミア、スグリによる同時拒否を受け、ラカンが怯む。

アザミに至っては、地中に拘束用の植物を準備しているようだ。

大陸最強格の前衛様が駄々をこねる。

「よ、良いではないかっ！　【十傑】の一角とはいえ、【国崩し】【万鬼夜行】共に敗残！　今のルゼ殿であれば、何程のことやあらんっ!!　吾輩達の手助けがいるとは到底思えぬっ。むしろ、最後の大英雄【剣聖】との戦いの方が面白――……こほん。剣呑であるっ!!!」

「……ラカン」

ハルの持つ魔杖が光を放ち、幼女の姿に。

私が名付け親になった『意志ある杖』――レーベだ。

「ママ♪」と抱き着いて来たので、抱きしめ返すと、嬉しそうに笑う。

私の娘、世界で一番可愛い！

黒髪眼鏡の青年が左手の人差し指を立てた。

「君なら理解していると思うけれど……【十傑】はしぶとい。とにかくしぶとい。ただの一戦の敗北で、あっさりと凋落していく存在じゃないんだ。必ず捲土重来を試みる」

「ぬぅ……そうではあるがぁ………」

私は、先日首府郊外で戦った妖魔の女王――【万鬼夜行】を思い出す。

無数かと思われた骸骨兵の群れと、巨大黒骸骨。

弱体化していてあの強さ……私だけじゃ死んでたわね。

退屈そうに焼き菓子を頬張っているエルミアは単独で【国崩し】とその一門衆を蹴散らしていたけれど。

ハルが黒鳥の首を撫でながら、評する。

「確かにルゼは強いさ。身体に慣れ、感覚を取り戻したのなら――」

『!』

私達の身体が宙に浮かび、黒鳥の背に運ばれていく。眼鏡を光らせ、ハルが断言。

「正面戦闘において【神剣】【天騎士】に伍するだろう」

「……むぅ」「過剰評価」

ラカンが呻き、エルミアはハルの魔法から脱出し、隣へ降り立ち不満気。

「フフフ……褒めても何も出ぬぞ?」

対して、ルゼは長い白銀髪に触れながら、頬を薄っすらと染めた。

【天騎士】の実力は多少なりとも理解している。あの兄弟子はもう殆ど人間じゃない。

……ルゼはそんな域に到達した、と。

黒鳥の背に降り立ち、レーベをタチアナに託しつつ、黒髪の少女に聞く。

「(アザミ、【神剣】ってどういう人なの?)」

「(……嫌な人です。関わらない方が良いです)」

「(ふぅ~ん)」

ハル至上主義者の黒髪少女は、無表情の中に明確な敵意を示し教えてくれた。

黒髪の青年が苦笑。

「けど……だからといってルゼが勝てるかは分からない」

「私は勝つがなっ!」

「正面戦闘ならね。でも、搦め手を使われたら分からない。【国崩し】君は、勝つ為なら何でもやると思うけど?」

「…………ふんっ」

図星を指され、ルゼが拗ねた女の子のようにそっぽを向いた。

負けるとすれば、こういう所よね、きっと。

控えていたルゼの妹のルビーが意見を述べる。

「秋津洲の侍達が双神大陸に渡り、我が国を目指している、との報も受けています。下手すると……大乱になるかもしれません」

【国崩し】【万鬼夜行】は極東の秋津洲皇国から、大罪人として追われているらしい。

因みに——私の隣でちょこんと座り、ハルだけを見つめているアザミもそうだ。

お師匠様が二足歩行猫と狐族の少女に微笑む。

「だからこそ、ラカンとスグリにはルゼを助けてほしいんだ。二人共、戦に関しては間違いなく僕よりも玄人だしね」

「ま、まぁ……そうではあるが」「えっへんっすっ！」

兄弟子と姉弟子が分かりやすく照れる。

エルミアの口元が『ちょろい』と動くのが見えた。

数日前、タチアナと一緒に、黒髪の青年から聞いた裏話を思い出す。

『ルゼとラカンは頼りになるけれど、強過ぎるんだ。大英雄との戦いに連れて行ったら、最悪……国が消えるかもしれない。その分はハナとナティア。西都の安全が確保出来れば、ルナの手を借りるつもりだよ。グレンは、カサンドラ次第だね』

たった二人のせいで国が消える、か。

……私もまだまだ。頑張らないと！

内心で決意をしていると、ハルの口調が少しだけ厳しくなった。

「昨晩も話した通り……近日中にレナント王国王都で、帝国・王国・同盟による三列強首脳会談が開催される。議題は、【剣聖】と女神教の暗躍についてが主となる。つまり――」

「大陸の列強は南方大陸に関わる余力がなくなる。その状態で、ルーミリア女王国が倒れるのは、世界の均衡を大きく崩す――ですか？　ハルさん♪」

私の後ろに座ったタチアナが両手を合わせ、援護。

美人で賢くて、強いって、反則じゃないかしら？

ハルが楽しそうに美少女を褒める。

「タチアナは本当に賢いね。もしかしたら、国を興せるかもしれないよ？」

「嫌です☆　あ、ハルさんが手伝ってくれるなら、考えなくも、むぐっ」

手を伸ばし、私は美少女の口を押さえ込んだ。

目を細め、黒髪眼鏡の青年を睨む。

「ハルっ！　タ～チ～ア～ナ～？」

「ぷはっ。冗談です♪　私は副長ですし？」

自力で私の拘束を脱し、タチアナは頬に指を付け小首を傾げた。……まったく。

ハルは肩を竦め、先頭の黒鳥へ近づいて行く。

「ま、そういうことなのさ。エルミアは――」

「会談前に同盟の上層部をシメにいく。王国は後でシメる」

あっさりと怖い事を口にし、姉弟子は冷笑。

同盟と王国は女神教と組み、ルゼに呪いをかけていたのだ。

なお、当の女王陛下は、弁明に訪れた両国の大使をやたら脅かしていた。

蒼を通り越して、顔を真っ白にしていた大使達は気の毒だったわね。

それにしても【千射】がシメる、ねぇ……。

タチアナ、ラカン、スグリと視線を合わせ、密かにささやかな祈りを捧げる。

……同情するわ、本当に。

私のお師匠様も苦笑し、白髪似非メイドへ注意。

「程々にね。まずは海都へ行き、統領の弁明を聞いてみておくれ。対応はその後で。くれぐれも気を付けて」

「ん」

短く答えると、エルミアは黒鳥の手綱を引いた。

風が巻き起こり、あっという間に高度を上げて飛翔していく。

私の隣に座っていた黒髪の少女が高下駄を脱ぎ、地面へ降り――正座。

静かにハルの名前を呼んだ。

「──主様（あるじさま）」

「アザミは当面の間、僕と一緒だ。帝都に戻り、状況を報告した後──少しばかり遠出に付き合っておくれ」

「！　は、はいっ‼　この端女（はしため）に万事お任せください」

ぱぁぁ、と表情を明るくさせ、アザミは深々と頭を下げた。周囲に花が生まれていく。

私は自分が不機嫌になっているのを自覚しつつ、レーベを膝に乗せる。

「……ハル、私は？」

「レベッカさん、『私達』ですよ？」

「わ、分かってるわよっ！」

黒鳥の背の上で、タチアナとやり合っていると、最後の一頭にハルが騎乗。

レーベの姿が掻（か）き消え、彼の膝上へ移った。……いいな。

「レベッカとタチアナは帝都の状況次第だね。新しい情報も入っているだろうし」

「……了解」「はい」

私とタチアナが答えていると、女性護衛隊長のベリトが駆けて来て、ルゼの傍（そば）で片膝を突き報告。

「陛下！　同盟と王国の両大使が本日もお見えです」

「あい分かった。待たせておけ」

凛々しく応じ、ルゼは顔を上げた。

風が吹き、長く伸びた白銀髪が靡く。

「ハル」「女神教との関係を聞き出しておくれ。連絡は逐次」

名前を呼ばれただけで、青年はルゼが聞きたかったことを答えた。

女王は心臓を押さえ瞑目。

「分かっておる。行くぞ、ルビー、ベリトっ！」

「は、はいっ！　姉様。皆様、本当に、本当に有難うございました。旅の無事をお祈りしておりますっ！」

そして、ルゼは妹と女性護衛隊長と共に踵を返し、石廊を歩き始めた。

その美しい背中に、眩いばかりの光が差し込む。

――南方大陸を征するだろう英雄の後ろ姿、か。

短い付き合いなのに、ハルから強い信頼を得ていることへの称賛と嫉妬を覚えていると、ルゼの足が止まった。

「ああ、そうであった」

何でもないような口調。けれど、私には分かる。

——今のルゼ・ルーミリアは一人の女の子だっ！

案の定振り向かないまま、肩越しにハルを見つめ、長い髪を指で弄（いじ）りながら早口。

「く、繰り言ではあるが……ハルよ、わ、我が身をこのようにした責任は」

「宮殿奥に連絡用の黒扉を設置しておいた。落ち着いたら、辺境都市へ遊びにおいで」

「……ふ、ふんっ。覚えておくとしよう♪　汝（なんじ）に精霊の祝福あらんことを！」

キラキラ、と魔力光を放ちながら、ルゼは軽やかに歩みを再開し——やがて、姿が見えなくなった。

「「…………」」

「うむ……流石（さすが）は我が師なのである」「兄貴、真似（まね）したら、めっ！　っす」

私、タチアナ、アザミは不服の視線をハルへ叩（たた）きつけ、ラカンは腕組みをして首肯し、それをスグリが窘（たしな）める。

……エルミアに後で報告しておかないとっ。

目配（めくば）せで少女達（たち）の内意を受け取っていると、ハルが左手を挙げた。

「さて、それじゃ帰ろうか、帝都へ。今頃、メルやジゼルが焦れているだろうからね」

＊

「レベッカさんっ！」

「きゃっ！」


帝国帝都。

クラン【盟約の桜花】副長室で私を待ち構え、抱き着いて来たのは、長く淡い茶髪で冒険者ギルド職員の制服を着た少女――専属窓口のジゼルだった。

中継地の小島で連絡はしておいたけれど、もう深夜なのに……。

為すがままにされながら、質問する。

「ジ、ジゼル？　いったいどうしたのよ？」

すると、少女は、がばっ！　と顔を上げた。

目元に大粒の涙が滲み、再び抱きしめてくる。

「……御無事で、本当に良かったたぁぁぁ。南方大陸のギルド支部から届く情報が余りにも錯綜(さくそう)してて……レベッカさん達も大きな戦いに巻き込まれたのかな？　って、思って……心配してましたっ！　とっても、心配してましたっ‼」

「ああ……そういうことね」

私は得心し、後方のタチアナへ目配せ。

扉を閉めてもらい、ハンカチで少女の目元を拭う。

「でも、大丈夫よ。戦いには巻き込まれたけど、ハルとエルミア、他の兄弟子と妹弟子も一緒だったしね。ほら、泣かないの」

「……はぁい。ぐすん……」

「まったく、泣き虫なんだから」

少し呆(あき)れながらも——嬉(うれ)しい。

ジゼルは辺境都市からの付き合いがある、数少ない友人なのだ。

もう一人の友人であるカーラにも、また会いに行きたいわね。

長旅の疲労を自覚しながらも、心が穏やかになるのを感じていると、

「——こほん」

これ見よがしな咳払(せきばら)い。

タチアナが外套(がいとう)を脱ぎ、私達を見つめている。

「！　タ、タチアナさん⁉　し、失礼しましたっ！」

ようやく、金髪の美少女に気付き、ジゼルがあたふた。

私はそんな友人の様子を見つつ、腰の双剣を丁寧に椅子へ立てかけた。

真新しい純白の鞘に納められているのは、ハルがルナに頼んで探してくれた光龍の剣。

触れるだけで嬉しくなってしまうのは、もう手遅れなのかも？

そんな愚にも付かないことを考えながら、タチアナへ話を振る。

「今晩はともかく……迷宮都市へ戻らなくていいの？」

「大迷宮は未だに探索中止ですから。そうですよね？　ジゼルさん？？」

「は、はいっ！」

ギルド職員の少女は直立不動。恥ずかしい所を見られた、という精神的衝撃。

加えて――知り合いでも、特階位冒険者【不倒】の問いかけは、それなりに重いのだ。

ジゼルが指を弄りながら、しどろもどろに説明する。

「……冒険者ギルド内部でも『再開させよう』という話は出ているんですが、ちょっと今は時期が……その、悪くてですね……」

「南方大陸騒乱の情報収集と歴史的な三列強首脳会談の対応に追われている、と。十大財閥の当主も集まるんですよね？」

「そ、その通りです。……十大財閥の方は、ちょっと揉めてるみたいですけど」

タチアナが後を引き取り、私へ視線を向けた。

軽鎧を外し、質問を重ねる。

「ジゼル、他に新しい情報は何か入っている？　南方の騒乱についてはもう問題ない。ハルは、その件で皇宮へ報告に行ったわ」

「いえ、特段は。……えーっと、ハルさんの件はともかくとして、レベッカさん、南方大陸が問題ないって、どういう意味ですか？」

「簡単な話よ。ん～……」

身体を伸ばし、簡易キッチンで手を洗う。水の魔石から流れる冷水が気持ち良い。

そのままジゼルへ最新戦況を伝える。

「――病床にあったルゼ・ルーミリアは復活し、【十傑】の二人、【国崩し】【万鬼夜行】を打ち破った。南方大陸で彼女を止められる者はもういないわ。近日中に沿岸部は統一されるでしょうね」

「っ！？！！」

ジゼルが息を呑み、近くのソファーにへたり込む気配。

暫くの沈黙の後、私と違い装甲の類を身に着けておらず、一足先に壁へ背をつけた美少女の名前を呼んだ。

「……タ、タチアナさん」

「事実です。後ろめたい事があるのなら、早急に、誠心誠意、ギルド本部がお詫びを為された方が良いと思います。向こうの支部はとても混乱していましたし……。接したのは少しの間だけでしたが、ルゼさんは紛れもなく英傑中の英傑。確実にバレます。しかも――ハルさんの後援を受けています。裏で介入していた同盟と王国はこれから、代償を払わされるみたいですし?」

「……ギルド長には、内々にお伝えしておきます。うぅ……でも、伝えたら、また、仕事が、仕事がぁぁぁ……」

直後、少女は頭を抱え、いやいや、とばかりに頭を振った。

冒険者ギルドは世界最大の組織だし、しがらみも多いのだ。

私は部屋を見回し、部屋の主の行方を尋ねる。

「そう言えば、メルは? いないの??」

「………メルさんは」

ジゼルがよろよろとしながら答える前に、入り口の扉が開いた。

入って来たのは、小さな伊達眼鏡をかけたハーフエルフの美女。

光り輝く長い白金髪を結わえているのは橙色のリボン。身に着けているのは白基調の魔法衣だ。手にはティーポットの載ったトレイを持っている。

――【盟約の桜花】副長、【閃華】のメル。私の姉弟子だ。

メルが私とタチアナを見て肩を竦める。

「仕事に字義通り忙殺されているんですよ。副長職を辞したいんですが、誰も代わってくれません。レベッカ、代わってくれませんか？」

「嫌よ」

「……可愛くない妹弟子ですね」

何時も通り軽口を叩き合う。帝都へ帰って来たんだと実感するわね。

扉を閉め、丸テーブルへトレイを置いた姉弟子が、改めて挨拶。

「一先ず――お帰りなさい。無事で何よりです」

「……何とかね」「……大変でした」

南方大陸で体験した激戦を思い出し、私達は嘆息した。

カップを並べ、独特な香りのお茶を淹れ始めた姉弟子が淡々と事実を告げる。

「ハル様とエルミア姉様。そこに、ラカンとスグリ。そこにアザミも加わった戦いを終え、無事に帰って来られたんです。貴女達は幸運ですよ、とても」

「「ああ～……」」

思わず、タチアナと一緒に、同意の声が漏れてしまう。

……確かにそうかも。

エルミアとラカン。

ハルの最古参の教え子達の実力は想像を絶していた。【拳聖】を慕うスグリも凄まじい魔法士だったし。

差し出されたカップを受け取り、辛うじて言葉を返す。ハーブティーのようだ。

「……そっちも大変みたいね」

「ええ、とても。とってもっ‼」

タチアナとジゼルにもカップを渡し、宝石を模した美味しそうな焼き菓子を手で示す姉弟子が、額に手をやり、肩を落とす。

「王都へ出向かれる、皇帝代理カサンドラ・ロートリンゲンの護衛を、うちのクランが任されたんです。今はその準備でてんてこ舞いなんですよ」

「へぇ～やるわね」「おめでとうございます♪」

――【女傑】カサンドラ・ロートリンゲン。

現帝国最高権力者である、先々代皇帝夫人。

【星落(せいらく)】のラヴィーナによる皇宮襲撃後、皇宮奥に引き籠もってしまった皇帝に代わり、大宰相ディートヘルム・ロートリンゲンと共に激務をこなしている人物だ。

――その人物の護衛を請け負う。

【盟約の桜花】にとって、更なる飛躍となる任務なのは間違いない。

……ただ。

私の顔を見て察したらしい姉弟子が、焼き菓子を一口齧(かじ)った。

「……おめでたくはあるんですが、仮にも帝国最高権力者の護衛です。万が一、は許されません。カサンドラは、ハル様からリボンも受け取っていますしね。【盟約の桜花】は全力で任に当たる予定です」

「ふぅ～ん。まぁ、協力はするわ」「お疲れ様です」

困っていても、整っているメルの横顔を見つつ、私も焼き菓子を御馳走(ごちそう)になる。

――絶妙な甘さとほのかに香るお酒。

妹弟子で、ハルの製菓技術継承に魂を燃やしているニーナの作だろう。

……本気でお店を持った方が良いんじゃないかしら？

そう思ったのは私だけじゃなかったようで、ジゼルも「……本当に美味しい。お店出してほしいかも……」と呟(つぶや)いている。

ハーブティーを一口飲み——気付き、メルへ問う。

「あれ？　でも、あんた達って、王国でも依頼を請けていたわよね？　そっちはいいの？」

「……レベッカ、分かっているのに質問するのは、ハル様だけの特権ですよ？」

ハーフエルフの美女は眉を顰め、カップをテーブルへ置いた。

【盟約の桜花】は、帝都、王都、双方に拠点を持つ大クラン。

けれど——メルが左手を軽く振った。

「レナント王国は激烈な貴族主義の国です。冒険者の実力は認めていても、こういう場で私達を使いませんよ」

「そうね」

私もあっさりと首肯。

……数年で国家体制が変わることはない。

何とはなしに、窓の外の星空を眺めていると、ジゼルが大きな声を出した。

「あ！　そ、そうでしたっ‼」

「「？」」

慌てた様子で自分の鞄を開き——書簡を取り出した。

高揚はない。嫌な予感もない。

――けれど、確信があった。これは私宛てだ。

ジゼルが両手で手渡してくる。

「レベッカさん宛てに御手紙が来ていました」

「……手紙？　辺境都市からかしら？　ああ、カーラかも」

数少ない友人の名前を出したのは、私の中にある迷い。

三列強首脳会談が開催される王都へは行く。

だって、ハルにそう言われたから。

彼の隣にあることこそ、今の私にとって最も大切な事だから。

……でも、躊躇いがない、と言えば嘘になってしまう。

ジゼルが複雑そうな表情になり、首を振った。

「いいえ」

「じゃあ――何処から？」

戸惑う私へ、タチアナとメルの心配そうな視線が向けられる。

友人の少女も専属窓口の顔になり、私へ宛先を告げた。

「レナント王国の王都からです。差出人は『シャロン・アルヴァーン』とあります。……もしかして、御家族の方ですか？」

＊

「――以上のように、カサンドラの護衛にはサクラ他、【盟約の桜花】の精鋭を付けます。私とトマは後詰めを。ただ、今回の場合、相手が相手なので」

深夜、皇宮から戻って来たハルに対し、一連の動きを説明していた寝間着姿のメルが私を見た。片目を瞑り、応じる。

「大丈夫よ。さっきも言った通り、私も協力するわ。タチアナは――」

「私も勿論～♪　レベッカさんだけだと、暴走するかもしれないので★」

「……ですって、メル」

私とお揃いのケープと寝間着を着ている美少女へジト目を向けつつ、姉弟子に先を促す。

その間、綺麗な翠髪のメイド――タバサ・シキ付の専属メイドで、私の妹弟子でもあるニーナが紅茶を配ってくれた。とても良い香りだ。

メルが頷き、額に手をやった。

「有難い話です。出来れば、ハナにも臨時で参加してほしいんですが……」

「ハル」「ハルさん」

私とタチアナは助け船の視線で黒髪眼鏡の青年へ訴える。

膝上でスヤスヤと眠っているレーベを撫でながら、ハルは鷹揚に応じた。

「連絡はしておいたよ。ナティアも後で来てくれるんじゃないかな？　ラヴィーナは廃教会にいるよ」

「……はぁ？　どうして、あの魔女がユキハナにいるのよ？？」

思わず、険しい声が出てしまった。

これから王都で、大きな戦いがあるかもしれないのに、【星落】なんていう大駒を遊ばせて……あ、でも、ラカンやルゼと同じ扱いかも？　あの姉弟子、加減出来そうにないし。

ハルが左手を振ると、各人の小皿にクッキーが配られた。

「あの子とハナ、ナティアには、突貫で【魔神】の封印方法を検討してもらったからね。その封印魔法の精度を確かめる必要性がある。たとえ未完成でも撃つには、膨大な魔力と誰にも気づかれない場所が必要だ」

「なるほど、ね」

私は隣のタチアナと目を合わせ、半分だけ納得する。

以前、連れていかれた無人の演習場で試射をする、と。

……ハルの言い方からして、他にも理由がありそうだけど。

姉弟子がカップを手にし、提案を口にした。

「ハル様。ルナ参陣の件は御手紙をいただいていますが……グレンを呼ぶのは難しいのでしょうか？　無論、私達だけでも過剰という論が皇宮、冒険者ギルド内から多数出ているのは聞き及んでいます。……然しながら」

そこまで言って、歴戦の特階位冒険者は口籠もった。

――何しろ敵は【剣聖】。

かつて、世界を救った大英雄の生き残りで、同時にたった二人で世界を滅ぼしかけた怪物の片割れなのだ。念には念を入れて、世界最強前衛と後衛である【天騎士】と【天魔士】を参陣させるのは、おかしな話じゃない。

起きないように、レーベを静かにソファーへ寝かせたハルが説明してくれる。

「カサンドラとディートヘルム君からの懇願でね。グレンと、彼率いる【黒天騎士団】は帝国東部国境から動かせない。いざ、という時、王国軍を叩ける存在は国外に置いておきたいそうだ。歴史的背景を見ても、王国は帝国を敵視している。あの子達の言い分は尤もだ。因みにグレンからは『参陣懇願状』が。グレンの奥さんからはそれよりも前に『参陣辞退状』が届いたよ。僕は奥さんに味方する」

「「「あ〜」」」

ニーナを除く私達は呻き、納得してしまう。

レナント王国は、ロートリンゲン帝国を見限った人々が建国した背景がある。首脳会談が行われている間に、帝国へ殴りかかる可能性は……皆無じゃない。

タチアナがケープの両袖を握りながら、おずおずとハルを見た。

「ハルさん。ルナさんの件なんですが……私としては、そろそろハナには仲直りしてほしくて。何とかなりませんか？　詳しい話を教えてもくれないので」

ルナは【薔薇の庭園】団長ハナの双子の妹なのだが……どういう理由か、姉妹間で仲違いしているらしい。

……タチアナも理由を知らないなんて、よっぽどね。

黒髪の青年がペンを一回転。

「折角だし、話しておこうかな。ルナはね——実の所、魔法士じゃないんだ。だけど、余りにも才能があり過ぎて、【天魔士】に就いている。本人は当初嫌がっていたんだ。最後には、ラヴィーナと魔法戦までしてたっけ。……ハナは、ずっと【天魔士】になりたがっていたからね。どうしても納得いかなかったみたいだ」

「「…………はぁ？」」

私とタチアナは思わず、声を漏らしてしまう。

【天魔士】。それは、世界最強の魔法士の称号。

魔法士を志す者ならば、誰しもが一度は憧れたことがある筈だ。

その【天魔士】が魔法士じゃないって……？

でも、ハナがルナと仲違いしているのは、理解出来るわね。

……自分よりも、才能がある妹、か。

私が、自分自身を顧みてしんみりしている中、これ以上の説明をするつもりがないらしいハルは、肩を竦めた。

「でも――大丈夫だよ、タチアナ。だって、ハナはルナのことが大好きだし、ルナもハナのことが大好きだからね。僕は誰よりも良く知っているんだ。きっと上手くいくよ」

「――……はい、ハルさん♪」

それだけで得心し、美少女は綺麗な横顔を綻ばせた。

……この子、やっぱりハルに甘やかされている気がするのよね。

釈然としない想いを抱きながら、クッキーを齧る。

ハルをジト目で睨むも気付いてくれず、静かに控えているメイドへ尋ねた。

「ニーナ、タバサはどんな様子かな?」

「連日連夜、【女神の涙】を研磨すべく、大旦那様と試行錯誤していらっしゃいます。ただ今晩は疲労もあってお休みを。……『私も起きてるっ!』と暴れておられましたが」

無表情な少女は指に小さな魔法を展開させた。

あ、睡眠魔法で寝かせたのね。道理で、あの元気少女が大人しくしていると思ったわ。

ハルは新しいカップへ紅茶を注ぎ、クッキーを取り分け――虚空へ消した。

外で結界を張ってくれているアザミへ届けたようだ。

「『ゆっくり急いでほしい』と伝言をお願い出来るかな? ローマンにならその言葉で通じる。僕は今晩の内に、アザミを伴って帝都を発つ。タバサには素晴らしい才があるけれど、すぐ出来るものじゃない。カガリのノートがあっても、完成には数年かかる」

「――畏まりました」

ニーナは緊張した面持ちで、頭を下げた。

私達の話を聞き終えたハルが、少し困り顔になり情報を共有してくれる。

「さっき、カサンドラとディートヘルム君と話をしてきたよ。……皇帝君は未だに部屋の外へ出られないようだ」

「ハル、もしかして現皇帝は廃嫡されるの……？」

皇帝が職務を全うしえないならば、あの【女傑】と切れ者な大宰相のこと。

血が繋がっていようとも、首を挿げ替えるのを躊躇はしないだろう。

……グレンを動かさないのも、もしかしてそれが理由？

私だけじゃなく、メルも同じ感想を持ったようで、ハルの言葉を待つ。

すると、黒髪眼鏡の青年は頭を振った。

「いや。カサンドラにも、ディートヘルム君にもそんな思いは微塵もないよ」

「ハルさん、帝国は世界最強国家です。その皇帝が引き籠もりというのは……。各国に付け込まれる可能性もあるのでは？」

タチアナがやや厳しい口調で懸念を表明した。

帝国が『正義』だとは思わない。

けれど、その安定が、世界全体の安定に寄与しているのもまた事実だ。

ハルは首肯し、昔話を語る。

「確かにね。でも、ロートリンゲンの家は、案外とそういう子達が多いんだよ。アーサーだって最初は酷かった。引き籠もりなんて、可愛いものさ」

「……ふぅ～ん」「……なるほど」

歴史上の英雄を出されては分が悪い。私とタチアナは、やや不満ながらも引き下がる。

ハルが小さく手を叩いた。

「さて——そろそろ、本題を話そう。僕達の『敵』についてだ。アザミ、結界の強化を」

『お任せください、主様』

涼やかな声が響き、室内を守る結界が一層強化された。

……正直、私の全力でも抜くのは至難ね。

ハルが私達を見た。

「レベッカ、タチアナ」

「「は、はいっ！」」

思わず、立ち上がってしまい、直立不動。ケープが空気をはらむ。

黒髪眼鏡の青年は、手で座るよう指示した後、唇に左手の人差し指をつけた。

「「……………」」私達は顔を見合わせ、お互い頬を真っ赤にして、椅子に腰かけた。は、恥ずかしい。眼鏡の位置を直し、淡々とハルが話し始める。

「今から話す内容は他言無用だ。メルとニーナは、ある程度知っているかもしれないけれど、少しの間だけ付き合っておくれ」

「「はい」」

姉弟子と妹弟子はお淑やかに返事。

「まず、確認を——僕達の敵の名は、『三日月冬夜』。世界を救いし六人の大英雄の一人、【剣聖】であり、二百年前、同じく大英雄【全知】と共に世界を半ば滅ぼしかけた男だ。僕とアーサー・ロートリンゲンは彼等を打ち破り、理外の存在が持つ『呪い』である先天スキル『不老』を解いた。寿命を考えれば、たとえ、若返り薬を飲み続けても、死んだ、と思っていたんだけれどね。人の執念とは恐ろしい」

『…………』

人族の寿命は私が知る限り、何もしなくて精々百年。

大迷宮産の若返り薬を飲み続け、強大な魔力を持った身でも……不老不死は未だ達成されていない。

……じゃあ、ハルは？

一見、人族にしか見えないけれど、本当は違うのをもう分かっている。

だからどうこう、と思う時期もとっくの昔に過ぎた。

ハルはハルだ。それ以上でも、それ以下でもない。

窓から月光が差し込み、青年の眼鏡を光らせる。

「ここ数年、裏で密かに起きていた《魔神の欠片》や《女神の遺灰》回収の動きは……いや、数十年前に起こった龍の群れによる皇宮襲撃すらも、今思えば、おそらく冬夜の差し金だったのだろう。彼は二百年間、ずっと狙っていたんだ。復讐の機をね」

「それじゃ、例の黒外套達も【剣聖】の指示を受けて？」

今まで幾度か刃を交えた、【全知】の遺児を名乗る者達を思い浮かべる。

彼等は確かに強かった。

けれど……世界に復讐するのに、その力が足りていたとは思えない。

何しろ、私やタチアナでも対抗自体は可能だったからだ。

ハルが窓の方へ歩いて行き、背を向けた。

硝子に映る彼の寂しげな顔。胸が締め付けられる。

「……【全知】は…………一ノ瀬夏樹は本物の天才だったよ。同時に、心優しく、穏やかで……何より、寂しがり屋だった」

そこにあるのは強い哀切。負の感情は欠片もない。

タチアナの手が伸びてきて、私の両手を包み込み、小さく頷いた。

ハルが振り返り、結論を告げる。

「黒外套達は、彼が『大崩壊』後、南方大陸奥地へ逃れた後、人為的に創り出した存在なんだと思う。たとえ、理外の存在といえど、世界にまったく新しい生を生み出せはしない。仮にそれを為したとしたら……いや、だからこそ、僕とアザミは少し遠出をしないといけないんだ。世界樹の頂上へね。【龍神】に直接は会えないだろうけど」

『……………』

衝撃的な内容に、室内に重い沈黙が満ちた。

世界樹の頂上。

ハルは世界を支える最後の三神――【龍神】と話をしようとしている⁉

窓硝子に風が当たり音を立てる中、私の師は瞑目した。

「時間は限られている。話を進めよう。此処から先はどの史書にも書かれていない。だから、君達も胸の内に止めておいてほしい――【六英雄】と呼ばれた少年少女の真実を」

＊

私達が固唾を呑む中、ハルは部屋の中央へと歩いて行き、止まった。

「かつて、この世界は窮地に陥っていた」

虚空に大きな世界地図が投映され、南方大陸と極東を除き、一色に塗り上げられていく。

ただし、最北方は白のままだ。

「今の帝国以前――所謂『旧帝国』は、大陸暦七〇〇年前後に大陸全土をほぼ統一し、極東諸国に対してさえ、大きな影響を及ぼしていた。けれど――……それでも、どうにもならない存在達がいた。五百年くらい前の話だ」

ハルが指を鳴らした。

途端――北方の地から幾つも矢印が伸び、世界各地を蹂躙する。

被害は、信じ難いことに南方大陸にも及んでいたようだ。

私は、ポツリ、と呟く。

「……【銀氷の獣】？」

ハルが顎に手をやり、目で肯定した。

地図に世界の主要都市を表示させながら、黒髪眼鏡の青年は説明を再開。

「そう――最北方より、極稀に襲来する永劫の氷持つ異形達。一度現れれば、世界全土に災厄を齎し、時の英雄、勇士、豪傑総がかりでの討伐が行われていた怪物だ。今と違って、まだまだ龍達の行動も活発だったし、魔物達も同様。魔法技術自体も、体系化されていたわけでもない。【獣】が現れるごとに、多くの人的資源の損失は、世界を征した旧帝国といえど耐え難い負担だった」

——古の時代、人は魔法を使えなかった。

けれど、『何か』に伝授された結果、龍、魔物、エルフ、ドワーフ、巨人、妖精に対抗出来るようになったのだ。

旧帝国時代に、魔法の体系化が一気に進んだのは【銀氷の獣】に対抗する為だったのね。

タチアナが静かに左手を挙げた。右手は私の手を握ったままだ。

「ハルさん、質問です。そもそも、【銀嶺の地】とはいったい……？　私は、冒険者としてそれなりの実績を積んできたと自負していますが」

真摯な視線が青年へ向けられる。

「その言葉は殆ど禁忌です。知っているのは『人が立ち入ってはならぬ、永遠の吹雪吹き荒し冷たき土地』という事実のみなので……」

私とタチアナは、冒険者の最高位である特階位。

けれど……【銀嶺の地】に関する情報を、冒険者ギルドから引き出すことは出来ず、一般の人々と同じく、伝承や昔話でしか知らない。

ハルに出会わなければ、【銀氷の獣】——そして、彼の地の最奥にいるという【始原の者】なんて存在は知らないままだったろう。

育成者さんが微笑む。

「そうだね。メル、ニーナはどうかな？」

話を振られたエルフの血を引く、姉弟子と妹弟子の顔がやや強張った。

胸に手をやり、まるで祈るように、静かに――とても静かに答える。

「【三神】と古の神々が力を合わせ封じた地、とだけ」

「故に【三神】を……そして、神に愛された人々を呪い続けていると」

「！」

私とタチアナは驚き、顔を見合わせた。

……【始原の者】は人を恨み、呪っている？

ハルが投映していた地図を消した。

「大まかには当たっていると思う。僕も遠い遠い昔、この星が生まれた時に何があったのかは知らない。【三神】に直接聞いたわけでもないからね。……ただ」

「「ただ？」」

今やお互いの両手を握り締め合っている私とタチアナは、言葉を繰り返した。メルとニーナの顔にも色濃い緊張。

青年が左手を高く掲げ、頭上を指し示す。

「【始原の者】は、元々この世界にはおらず——天から来た古の神らしい」

『天から来た古の神？』

私達全員の声が揃った。

想像の限界を超え、頭痛がしてくる。

タチアナがクッキーを差し出してきたのでパクリ。私も同じく食べさせる。

ハルは私達の反応を見て、淡々と話し始めた。

「今より、遥か遥か昔——世界に多くの神々が存在し、【三神】ですら未熟だった時代の話さ。『巨大な氷星は北辺に墜ち、鋭い牙と爪を誇示しつつも、我等に微笑みを示した』——以前、秋津洲で遭遇した話し好きの老神によると、最初は神々と【始原の者】との仲もそれなりに良好で、協力してこの世界を良くしようとしていた。魔法も、その時に作られたらしいよ？ だけど……やがて【三神】が力をつけてくると、争いが始まり、大戦になった。神同士の戦いだね。その結果——」

「『け、結果……？』」

私とタチアナはハルに聞き返す。

神様同士の戦争……想像力の限界を超えている。

黒髪眼鏡の青年が紅茶を飲み、続けた。

「想像を絶する戦いの後――世界樹を味方につけた【三神】達は勝利し、【始原の者】を世界最北方【銀嶺の地】へ追放して結界で閉じ込めた。老神の話だと、一度は天に追放したけど、自力で戻ってきたんだってさ。以後、世界を延々と呪い続けている。本当かは分からないけれど、でもまぁ……気味の悪い生き物ではあったね」

「……ハル」「……ハルさん」

私とタチアナは同時に青年の名を呼んだ。

――今の世界において、殆どの人々が知らない事柄を知る貴方(あなた)はいったい何者なの？

けれど、ハルは私達を目で制した。

そこにあるのは、深い知啓。

「話の筋を戻そう――旧帝国は、【獣】の対処に苦慮し、その発生源である【銀嶺の地】へ調査団を幾度も送り込んだ。【始原の者】の存在に気付いたのは、【三神】の啓示によるものだったそうだよ。北方に長大な監視体制を築く為、多くの民族を強制的に移住させて以降、奇襲を受けることは少なくなったものの、襲撃の度、多数の人材を失う打撃は耐え難かった。……このままでは、何れ押し切られる」

北方の監視体制……狼族をはじめとした獣人族に、北方出身者が多いのはその名残？

気持ちを落ち着かせる為、冷めてしまった紅茶を飲み干すと、ハルが近づいて来て、新しい紅茶を注いでくれた。

普段通りの穏やかな表情のまま、信じ難い事実を口にする。

「そこで、彼等は【三神】に願った。『私達に助けとなる強き英雄を与えたまえ』と」

『…………』

再び室内に重苦しい空気が満ちた。

……え？

それって、【六英雄】のこと？？

でも、時代が一致しない。

『大崩壊』が起きたのは、統一暦一〇〇〇年丁度。今から、約二百年前の話。

旧帝国が世界を征したのは統一暦七〇〇年前後なら……私達が知らないのは奇妙だ。

考え込んでいると、ハルはタチアナのカップにも紅茶を注ぐ。

「【魔神】は賛同した。自分の信徒達にも、【獣】によって多くの犠牲が出ていたからだ」

つい先日、刃を交えた古の神を思い出す。

確かに、自分を信じる者達を大切にしていたのは伝わった。

ハルは小皿にクッキーを足すと、ティーポットを片手に持ち、メルとニーナの傍へ歩いて行く。

「【女神】は悩みに悩んだ末……条件的に賛成した。彼女もまた、多くの犠牲に心を痛めていたからだ」

伝承を聞く限り、これもあり得そうだ。

【女神】は、自らが消えるのを理解していた上で人を守る為、【魔神】討伐に賛同したのだから……。

黒髪の青年は恐懼しているメルとニーナのカップへ紅茶を注いだ。

「唯一【龍神】は強く反対した。彼の最も古き神は世界の均衡を重視していた。……人と龍との争いにも、殆ど関心はないようだった。薄情と言えば薄情だけれど、神の考えることを理解するのは無理だからね」

私はメルとタチアナへ目配せ。

二人も『分からない』と首を振る。

……エルミアがいたら、もう少し詳しく【神】という存在について教えてもらえるのだけれど。ハルが傍の椅子に腰かけた。

「最終的に【魔神】と【女神】は理外の存在――『異なる世界』から多くの人々を、この世界に呼び寄せた。一種の大規模な召喚魔法だったのだろうね。僕が知る限り、その期間は百年以上に及ぶ。秘密裏に行われた分も含めれば、もっとかもしれない」

「ひゃくっ⁉」「っ！」「「………」」

私達は完全に絶句し、沈黙した。

じ、じゃあ……【勇者】達の前にも、そういう存在がいたわけ⁉

肘かけに手を置き、ハルは目を細める。

「その間、いったい何人やって来たのかは知らない。数千か、数万か。知ってる者はもう誰もいないだろう。はっきりと分かるのは――」

自然と背筋が伸びた。

青年の言葉を待ち、身構える。

「それ以降、人の持つスキルと呼ばれる能力が格段に強力となったことだ。タチアナ、君の【名も無き見えざる勇士の楯】もその一種だよ」

「！　私にも、その人達の血が流れて……？」

「……タチアナ」

隣の美少女は声と身体を震わせ、顔を俯かせた。

肩を抱き寄せ、頭をくっ付ける。……私だったら、こうしてほしいから。

その間もハルの説明が続いていく。

「最初の数十年間は旧帝国側も融和的だったようだ。何せ一度召喚したら最後。『理外の存在』を元の世界へ戻す術はなかった。そうして呼ばれた人々の多くは、戦いに駆り出され、多くが戦死。数少ない生き残りは【女神】【魔神】の庇護を受け、家族を持った」

『⁉』

初めて聞く歴史の真実に、今晩幾度目か分からない絶句。

……明日、起きたら絶対に頭痛が酷そうだわ。

ハルの声色が冷たさを帯びた。

「けれど、力を持った者達は必ず腐敗する。【獣】の襲来が少なくなると、旧帝国は理外の存在達を持て余した。その結果――」

月が隠れ、彼の顔を一瞬、黒く染めた。

「自分達の統治に反抗する者に対しても、召喚された者達や、その血を受け継いだ者達を送り込み始めた」

「「っ⁉」」「「…………」」

最早まともに言葉も出ず。

メルとニーナは辛そうに顔を伏せている。エルフ族には、人族にはない伝承がある。

青年が眼鏡を外し、目元を覆う。

「結果は……悪夢だった。この時代に、旧帝国に服しながらも、反抗的だった多くの少数民族が滅ぼされた。主要なところだと、妖精族が有名だね。『正義』とはとても便利な言葉だ。少しずつ、少しずつ、旧帝国の歯車は狂っていった」

師の言葉が腑に落ち、私はギュッ、と両目を瞑る。

ハルとの約束を破り、《魔神の欠片》《女神の遺灰》を追い求めた帝国上層部と現皇帝。

……結局、人は数百年前から変わっていないんじゃ？

「神達の時間感覚と、人の時間感覚は全く違う。久方ぶりに【魔神】と【女神】が顕現した時――旧帝国は理外の存在達による軍すら編制していた」

「『英雄隊』……里の長に教わりました」「…………私も多少は」

メルとニーナが顔を顰め、ハルの言葉を補足してくれた。

当初は『個』。時間を経て、それを『衆』に。

理解は出来る。……出来るけど。でも。

青年は眼鏡をかけ直し、悲しい笑み。再び胸が締め付けられる。

「彼等は増長し、今や自分達に不可能はない、と思い始めていた。近い内に【始原の者】すら討伐せんっ！　と。だが……唐突に今までよりも遥かに強大な【黒き獣】が現れ、世界の全てを蹂躙した。英雄達の多くは斃れ、旧帝国も大きく傷つき、世界を支える【三神】ですら痛手を被った。その傷が癒えぬ間に」

――……世界を蹂躙した新たな【黒き獣】？

何故か、引っかかりを覚える。

「レベッカさん？　どうかしましたか？」

タチアナが心配そうに話しかけてくれたので、手で『大丈夫』と返す。

まさか、ね……。

ハルが言葉を吐き出す。

「今度は【銀嶺の地】が鳴動し、【始原の者】復活の兆候が見られた。【三神】は震えあがり──彼女達は初めて力を合わせ、最後の理外の存在達を召喚したんだ」

「じゃあ、もしかして……」「それが……？」

「ああ」

窓の外を黒い影が横切る。

……首の長いグリフォン。こんな時間に？

席を立ったハルが私達を見回す。

「【勇者】春夏冬秋。【剣聖】三日月冬夜。【全知】一ノ瀬夏樹。そして──」

よく眠っているレーベの頭を撫でながら、穏やかに最後の名前を告げる。

「【賢者】春・アッシュフィールド」

【勇者】【剣聖】【全知】【賢者】の四人は、【三神】によって召喚された存在⁉

でも、今は……まじまじ、と青年を見つめ返す。

「春？」「じ、じゃあ、ハルさんは……あ、あれ？」

「ふふ、僕は違うよ。【賢者】には見えないだろう？　僕は単なる【育成者】さ」

『…………』

確かにそうだ。

そうではあるんだけど……この姓、昔何処かで…………。

普段通り名乗ったハルが一気にその後の歴史を教えてくれる。

「他にも世界中から、多くの英雄、勇士、豪傑が集められた。何しろ世界の危機だ。数十年現れなかった【銀氷の獣】も出現し、世界各地に被害を齎していた。多くの犠牲の果て――世界で猛威を奮っていた【銀氷の獣】の多くは辛うじて討伐された。けれど、その時までに、旧帝国が集め、生き残った英雄は僅か六名。先に挙げた四名を除けば――妖精族の大魔法士【花天】と秋津洲出身の世界最高剣士【神斬】のみだった。その六名こそが」

――【六英雄】。

勝手に身体が震えてきた。

壮烈で、血腥く……何処か悲しい英雄達の歴史。

ハルが遠い遠い目をした。酷く悲しそうで、見ていられない。

「その頃だったかなぁ。僕が彼女達に出会ったのは。今となっては懐かしい……」

何か、何か言わなきゃ。……何か。

でも、言葉は見つけられず、私達はただただ黙り込む。

その時だった。

「——主様」

部屋の片隅に正座をした少女——アザミが現れた。

ハルが立つよう、手で指示し尋ねる。

「おや？　もう使いが来たかな？」

「はい。お急ぎください」

使い？

……さっきのグリフォン！

アザミは、重さを感じさせずに立ち上がり——私へ微かに目礼。

『ハルをお願い！』という強い想いを込めて、年下の姉弟子に返礼しておく。

ソファーで寝ていたレーベが光を放ち消え、ハルが私達へ向き直る。

「話の続きは戻って来た後にしよう。とにかく！　僕達が相対するだろう【剣聖】は、英雄召喚の末の末——【三神】が力を合わせこの世界に呼び込んだ、英雄の中の英雄なんだ。老い、力を衰えさせていても、絶対に油断は出来ない。覚えておいておくれ」

『……はいっ！』

大英雄と戦う、か。

二年前の私――『第八階位冒険者レベッカ』が聞いたら、卒倒しそうね。

みんなと一緒に、窓を開けたハルの傍へ。

外へ出る直前――黒髪眼鏡の青年が振り返る。

「ああ、そうだ。レベッカ。君に届いていた手紙の件だけれど」

「大丈夫よ、ハル」

これから、とんでもない相手に話をしに行く、お師匠様の胸に拳を付ける。

心配をさせないよう、不敵に微笑む。

「私、こう見えて凄い【育成者】さんの弟子で――新しい【剣】なの。昔みたいに、泣いたりなんかしないわ」

すると、ハルは目をパチクリ。

表情を崩し、何度も頷いてくれた。

「――……そうだったね。タチアナ、レベッカをよろしく」

「はい♪」

「！　きゃっ‼　ち、ちょっと⁉」

美少女は両手を合わせ首肯した後、私を抱きかかえた。

さ、流石は、迷宮都市最強前衛。ち、力が強くて、脱出出来ないっ！

そんな私達を楽しそうに見つめ、ハルは残る二人の名を呼んだ。

「メル、ニーナ」

「万事、お任せください」「タバサ御嬢様は私が」

姉弟子と妹弟子は優雅な一礼。絵になるわね。

私達の答えを満足気に聞き、ハルは窓から外へ飛び出した。

慌てて駆け寄ると、黒いグリフォンの背に青年と少女。

前方に飛んでいるのは……小さな龍？

私のお師匠様が手を大きく振り、

「それじゃ——レベッカ、タチアナ、メル、王都で会おうっ！　気を付けて」

そう叫ぶと、夜空に消え、あっという間に見えなくなった。タチアナが私の手を握ってくれたので、握り返しておく。

——ハルが、私のお師匠様が帰って来る前に、『レベッカ・アルヴァーン』自身の決着もつけておかないとね。

＊

「ん～……こんなもんかしら？」

翌朝――私は【盟約の桜花】のクランホームに用意された部屋で、自分の姿を鏡に映し、呟いた。

軽鎧に雷龍と光龍の剣。髪を結っているのは紫のリボン。当座の食料と水も道具袋に収納済みだ。

皇宮へ出かけたメルに手紙も残しておいたし。これで何時でも出発を――

「素晴らしいですっ！　レベッカさんっ‼」

入り口の扉が突然開き、冒険者ギルド職員の少女が飛び込んで来た。

一緒だったらしいタバサとニーナがそそくさと逃げていく。まったく、あの子達は……。

私はリボンに触れ、少女を注意。

「……ジゼル。覗かないでって言ったでしょう？　あと、忙しいんじゃないの？　雷龍素材の受け渡しとか……」

「見たいんですっ！　受け渡しは、レベッカさん達が南方大陸へ行かれている間にほぼ終わりました。昨今の情勢変化を受け、需要が高まっているみたいですね。結果も後でまとめておきます」

「……………ごめん」

私は途端に後ろめたくなり、視線を逸らす。

……今頃、ハル達は何処を飛んでいるのかしら。

ジゼルが両腰に手をやり、指を突き付けてきた。

「改めて言わせてください。レベッカさんが今の時期にレナント王国の王都へ行かれるのには反対ですっ！　……きな臭い場所へ出向かなくてもいいと思います‼」

「そう言われても……王都へ行くのはハルの指示だし」

淡い茶髪を振り乱し、少女が地団駄。頬を大きく膨らまして、ブツブツと呟く。

「また、そうやってっ！　何時も、何時も、ハルさん、ハルさん、ですっ‼　幾ら、レベッカさんが、ハルさん大好き教の敬虔な信者さんだからって、余りにも度が過ぎていると思いますっ‼」

「なっ⁉　ジ、ジゼルっ⁉　な、な、何を言っているのよ。わ、私は別に……」

「鏡で自分の顔をしっかり見てくださいっ！　完全に『恋する乙女』じゃないですかっ‼」

「なっ⁉」

ギャーギャー、と二人で言い合っていると、前髪に青い花飾りを着け、剣士服姿のタチアナがちょこんと顔を見せた。外套を羽織り、腰に片手剣を提げている。

手に持っているのは、【薔薇の庭園】から届いた書簡のようだ。

「レベッカさん、準備は出来ましたかぁ？」

私はジゼルを手で押し留めながら、左手を振った。

「ええ、タチアナ。そっちは？」

「問題なしです♪　うふふ～☆」

両手を合わせ、満面の笑み。

……こうして見ると、混じりっけなしの美少女なのよね。

「てぃ」「きゃっ」

未だむくれているジゼルをベッドへ放り投げ、上機嫌の余り、その場で踊り出しそうなタチアナへ片目を瞑る。

「随分と御機嫌じゃない？　何か良い事でも書かれていた？？」

「はい♪　とっても！　長年の懸念がようやく解決出来るかもしれません。……ハルさんに心から感謝を」

美少女は心底ホッとした様子で、書簡を胸に抱きしめた。

昨晩少しだけ話に出た、ハナとルナの仲違いの件だろう。

タチアナは基本的に優しい子なのだ。上手くいけばいいんだけど。

私は、ベッドの上でブランケットを被り、枕を抱きかかえている冒険者ギルド職員の少女へ真摯に告げる。

「ジゼル、心配してくれるのは嬉しいわ。でもね？　今回の件はハル云々の前に――私が片を付けないといけない事なの。行かせてくれない？」

「う………」

少女は分かりやすく怯む。

顔を伏せ、その場でジタバタ。

「レ、レベッカさんはズルいです。そ、そんな顔をされたら、私が悪者みたいじゃないですかっ！　……はぁ。どうにかして、今の表情を恒久保存する方法を考えないとですね。メルさん、タバサさん、ニーナさんも巻き込めば、きっと」

不穏な事柄が聞こえ、私は額に手をやった。

この子、妙に行動力があるのよね。

「………ジゼル、今、碌でもないことが聞こえた気がしたんだけど？　タチアナ？　何を笑ってるの？」

ジゼルとタチアナへ牽制の視線。

すると、少女は字義通り飛び上がり、ブランケットを被ったまま、頭をブンブンと振る。

「！　な、何でもないですよ？　本当ですよ？？　あ、私、まだ御仕事が残っているのを忘れていましたー。レベッカさん、タチアナさん、お気をつけてっ！　王都の冒険者ギルドには、御二人が行くことを伝達しておきます～」

「あ、こらっ！」「はい♪」

止める間もなく、ジゼルはそのまま逃げて行った。

私は自然と愚痴を零す。

「……まったくもう」

「ふふ♪　いい方ですね」

タチアナが、ふんわりとした感想を述べ、コート掛けの外套を差し出してきた。

それを受け取りながら、美少女へ念を押す。

「……付いて来る必要はないのよ？　メル達より先に出るのは、私の家の問題だし。【薔薇の庭園】の指揮もあるんでしょう？」

「御断りします★　クランの方は開店休業状態ですし、お付き合いしますよ。マーサ達も西都で、コマオウマルさん達と意気投合して頑張っているようなので」

「…………」

若手への指示はしてある、と。

しかも、コマオウマルって私が昔、助けた子じゃ？

翻意を促し、瞳を見つめるも――強固な意思。

迷宮都市最強の楯役【不倒】が決めたことを、覆すのはハルでも難しい。

タチアナが普段通りの様子で聞いてくる。

「妹さんはなんて？」

……察しが良すぎるのも考えものね。

だからこそ、【灰燼】の片腕を務めていられるのだろうけど。

前髪を弄り、私は窓の外を見た。

「……つまらない話よ。私、有名になり過ぎたみたい。父に【雷姫】の異名を得た特階位の少女が私だってバレたわ。『死んだと思っていた、落ち零れで役立たずの娘が⁉』というわけよ。で、妹が気を利かせて、報せてくれたってわけ」

「半分理解出来ました。でも……完全に納得は。それが、どうして王国へ行く理由に？　三列強首脳会談が迫りつつある状況では、皆さんと行動を共にした方が良いと思います」

「……王国はね」

気分が滅入る。乗り越えはしても、不快感は消えていない。

腰の鞘に触れ、吐き出す。

「帝国で暮らしている人からすると、信じられないくらいにガチガチな貴族制を未だ維持しているの。延々続いた家柄だけを誇るのが当たり前だと思っていて、受け継がれてきた技や魔法を発展させるのには及び腰。積極的なのは、婚姻によって血を濃くすることだけ。家格と魔力を高める為だけ、にね」

ハルと出会う前――自分の身に起きた唾棄すべき出来事を思い出す。

歳の離れた貴族との政略結婚。吐き気がするわね。

私の説明を聞いたタチアナは小首を傾げ、得心した。

「？　――ああ、なるほど。つまり妹さんは」

「そ。私の代わりに、結婚させられそうなんですって。相手は今年五十七になる、公爵様だそうよ。ああ、因みに第七夫人？　第八夫人？　そんな感じ。妹は『御父様は、姉様をおびき出そうとしているんです。帰って来ないでくださいっ！』って。……帰るしかないでしょう？」

脳裏に、腹違いの幼い妹が朧気に浮かんだ。

……見捨ててもハルやエルミアは怒らないかもしれない。けど。

目の前の美少女が懸念を示す。

「レベッカさん、妹さんの身代わりになるのは駄目ですよ」

「当たり前でしょう。私の初めてはあいつに——……と、とにかくっ！　面倒な話なの。それでも付いてくるの？」

白髪似非メイドや、他の姉弟子達に聞かれたら、教え子裁判開廷になりかねない願望を打ち消す。

美少女はその場でクルリ、と一回転。

スカートを靡かせ、花が咲いたかのような笑み。

「勿論です。王国旅行も悪くはありません。美味しい食べ物とお酒を見つけて、ハルさんへのお土産にしましょう♪」

私は目をパチクリ。そこに暗さは微塵も無し。

……この器の大きさがあるからこそ、迷宮都市最強の楯役が務まるのよね。

嘆息し、心底からの感想。

「……あんたって、案外と図太いわよね……」

「レベッカさん、酷いです。図太いだなんてっ。私、これでもか弱いんですよ？」

「はいはい。外見だけはね」

呆れながら、軽口を叩くと、タチアナの耳元が目に入った。

――光り輝くイヤリング。

すぐさま、気付かれニヤニヤ。

「残念ですけどぉ～この耳飾りじゃハルさんの近くには飛べませんよ？　辺境都市近くへ行けるだけです」

「べ、別に、そ、そんなつもりで見てたわけじゃないわよ……ただ」

「ただ～？」

私は腕組みをして、そっぽ。

頬が赤くなっているのは自覚している。

「その………顔が見たいなって、ちょっと思っただけで」

「うふふ♪　レベッカさんって」

「わっ、な、何するのよ⁉」

突然、タチアナが抱き着いて来た。

いい匂い……やっぱり、胸も私より全然大きい……。

優しく優しく頭を撫でられる。

「ち、ちょっとぉ？」

「余りにも可愛いので、つい。はぁ……ハルさんが甘やかされるわけですね。少しだけ嫉妬してしまいます」

「あ、甘やかされてなんて、いないわよっ。むしろ、あんたの方が甘やかされてるじゃないっ。正式に教え子になったわけでもないのに、イヤリングとかも貰ってるし」

タチアナの手が止まった。

不思議に思い見上げると、珍しく笑みが崩れ、少しだけ切なそうな表情。

「……確かによくしてはいただいていますが、それはきっと、私がどなたかに……」

「タチアナ？」

えっと、えっと、こういう時は──手を伸ばし、頭を撫でる。

「レベッカさん？」

「あいつは、ハルは──純粋に貴女を気に入っているんだと思う。誰かに似ているから、とかじゃない、って……ちょっと、どうして、笑うのよ」

途中で笑い始めた友人へ文句を言う。

目元を押さえ、タチアナが両手を可愛らしく握った。

「うふふ……ごめんなさい。ありがとうございます。そうですよね！　ハルさんは、そういう御方じゃありませんよね。つまり、私はとても大事にされている、と♪」

「む……」

それはそれで面白くないんだけど。

とにかく、この子と一緒なら旅路も退屈することはないだろう。

――目指すはレナント王国王都。

過去の因縁が残る地へっ！

第2章

【雷姫】レベッカ・アルヴァーン

私の故国であるレナント王国王都は、帝国帝都の真東に位置している。

距離としては、飛空艇を使って約三日といったところだ。なお、帝国と王国との間に空路はない。

王都周辺の大平野は二百年前の『大崩壊』が起こるまで旧帝国の中心であり、『黄金の麦畑が広がる地』と讃えられる程、肥沃な土地が広がっていたらしい。

……けど、今となっては昔の話。

【剣聖】【全知】、二人の大英雄によって世界の過半が蹂躙され、荒廃し切った後、帝国初代皇帝アーサー・ロートリンゲンに派遣された当時の学者達は現王都一帯をこう評した。

『帝国東部は向こう百年以上手を出すに及ばず。放棄すべし』

廃教会にいた頃、ハルも同じ内容を夜話で言っていたし……事実だったのだろう。
僅か二人の男が、世界に与えた傷はそれ程までに深かったのだ。
迅速果断な人物であったアーサーはその言を受け入れ、旧帝国東部地帯を放棄。
最小限の被害で済んでいた西部地帯——今のロートリンゲン帝国領に全国力を注ぐ事を決定した。

……が。

「何事にも例外は存在する、のよね」

帝都に比べやや活気に乏しく、武装した騎士と兵が目立つ都市の様子を眼下に眺めつつ、私は嘆息した。

私と同じく高い建物の屋根上から、王都を興味深げに眺めていたタチアナが振り返り、小首を傾げると、イヤリングが陽光を反射した。

「レベッカさん、何か言いましたか？　あ！　あそこに屋台がありますよっ‼　行ってみましょうっ‼」

「ち、ちょっと、タチアナ！　……もうっ」

金髪の美少女は私の制止など聞かず、屋根や壁を蹴りながら、脇道へと降りて行く。

……自分が特階位冒険者【不倒】だってことを忘れているんじゃないでしょうね。

呆れながら、私はもう一度王都を――アーサーから離反した旧帝国貴族達が廃墟から作り上げた、世界でも有数の都市を見渡す。

これだけ見れば、彼等が語ったという信念、

『父祖の地を捨てることは我等の誇りが許さない！　新たな国をっ‼』

は、一定の成果を挙げたと言えるのかもしれない。

王国は今や『帝国』『同盟』に並ぶ大陸有数の強大国なのだから……。

屋根を蹴って、私も大通りの脇道へと降り立つ。

タチアナが距離を詰め、訴えてくる。

「レベッカさん！　私、お腹が減っちゃいましたっ‼　帝国では食べられない、むぐっ」

「……声が大きいのよ」

私は咄嗟に上機嫌な少女の口元を押さえた。

人差し指を立て、端的に注意。

「いい？　王都では、あんまり『帝国』という単語は出さない方がいいわ。理由は――王都に来る途中で話したわよね？」

「――ぷはぁ。了解です。でも、そんなにですか……？」

訝し気なタチアナに対し、私は説明したことを繰り返す。

「勿論、人によるわ。でも、面倒事に巻き込まれる確率は間違いなく跳ね上がる。王国を建国した、帝国を謂わば『見限った』貴族の家系は依然として国家中枢で健在。かつ、その大多数は『帝国憎し』の念に凝り固まっているしね」

「なるほど……」

タチアナが自分の右頬に触れながら、思案の色。

ハルによると、上位貴族達は長年に亘りアーサーと密かに連絡を取り合い、半世紀近く支援を受け続けていたらしい。

けれど、私が暮らしていた頃、そんな話は聞いたことがなかった。

……歴史の忘却、か。

私は肩を竦め、旅の道連れの背を押した。

「こんな所で話しているのも目立つわ。行くわよ」

「は～い」

王都は一から都市造りをしたこともあって極めて整然とした街並みをしている。

升目状に区切られ、その間を多数の道路が走り――王宮は都市の真東に。

これは、帝国の侵攻を受けた際、すぐに王族が脱出出来るようにする為らしい。

勇武で鳴る、エルネスティン王家の意志とは思えないし、大貴族達の意見に押し切られたのだろう。

帝国の皇宮に対抗し、無駄に大きく建造された王宮の周囲には、大貴族や聖職者の屋敷が建ち並ぶ。

私達がいる一般庶民街は都市の西側一帯に広がり、王都で最も人口が多く、雑然としている。此処の雰囲気だけは、帝都のそれに似ているかもしれない。

ただし──基本的に多くの庶民は貴族、王族に一切近づかず、生涯を過ごす。

王国内において、貴族か、そうではないか、は明確に区別されているのだ。

唯一の例外が冒険者。

彼、彼女等は依頼さえあれば、どの地区にも現れる。

また、軍事に重きを置く王国にとって、強さの世界に生きている冒険者の地位は決して低いものではない。

まして特階位ともなれば下手な貴族よりも、社会的地位は上だ。

──この基本的事柄もタチアナに、旅の道すがらきちんと伝えておいたのだけれど。

「レベッカさん！　見てください！　凄く美味しそうですよ！」

【不倒】様ときたら、立ち並ぶ屋台に目を輝かせるばかり。

旅先ではしゃぐのも分かるけど……。苦笑しつつ、説明する。

「……あーあれは、鉄板でパンと肉を焼いてその場で渡してるの。美味しいわよ」

「買ってきますね♪」

「ち、ちょっと待」

止める間もなく美少女は駆けていき、店先であれこれ楽しそうに話している。

店員の青年の顔は真っ赤。他の通行人達も、タチアナの横顔をちらちら、と見ている。

こうして見ると、本当に美人よね。……目立ってしょうがないわ。

出来れば、とっとと実家へ行きたいんだけど――いきなり、ボロ布に包まれたパンを差し出された。

「どうぞ♪　焼き立て！　かつ、ちょっと大き目なのを選んでもらいましたぁ☆」

「………………ありがとう」

私は無邪気な笑顔に毒気を抜かれる。年上よね、この子？

若干の疑問を覚えながら、パンに齧りつく。

肉と野菜、パンの香ばしさ――懐かしい故郷の味だ。今は亡き母を思い出す。

タチアナも食べながら、帝都程民族の幅はない、行き来している住民達を見ながら、味を聞いてきた。

「どうですかぁ？」

「……美味しい」

「良かったぁ♪」

ニコニコ顔。帝都を二人で出発して以来、ずっと上機嫌な気がする。

……私も何だかんだ楽しかったけど。

パンをもう一齧り。うん、やっぱり美味しい。

でも、私は――早くもパンを食べ終え、丁寧に紙を畳んだタチアナが、ニヤニヤ。

「……何よ」

「レベッカさん、今、ハルさんのことを考えられていましたね？」

「……！　べ、別に、そ、そんなこと……」

図星だ。

ハルが作ってくれたパンの方が美味しいな、と思ってしまっていた。

けど――それを真正面から認めるのはまだ少し恥ずかしい。

そっぽを向き、パンを食べ終えると、

「うふふ♪　レベッカさん♪」

「きゃっ、な、何よ」

突然、タチアナが抱き着いてきた。周囲を通り過ぎる人達の視線が集まるのが分かる。

自分が美人、という自覚が薄いのも困りものねっ。

髪を撫で回され、頬擦りまでされる。

「レベッカさんって、本っ当に！　可愛い方ですね。ハルさんの寵愛を受けられているのが分かります。私もレベッカさんみたいだったら、もっとハルさんに……」

「はぁ？　ど、どうして、そういう話になるのよっ！　いい？」

身体を無理矢理引き離し、旅の間で何回目になるか分からない説明。

「私は、その……あ、あいつに恩義もあるし、それは返さないといけないなって思ってるし、でもでも、寵愛なんて受けてなんか……ううぅ」

言葉は尻すぼみ。

だ、だって……そ、そうだったら、嬉しいし………。

無言で笑みを深める美少女をギロリ。

「タ～チ～ア～ナ？」

「レベッカさん……これ以上、私の好感度を上げてどうするつもりなんですか？　私、レベッカさんとだったら、ハルさんを譲り合ってもいいですよ♪」

一大衝撃を受け、身体がよろめく。

こ、こ、この子、な、何を、何を、言って⁉

動揺しながら、綺麗(きれい)な瞳を見つめると、からかい半分、真剣半分。少しだけ、頬も染まっている。

……え？　ま、まさか、本気、なの？

私はこれ以上の思考を放棄し、視線を逸(そ)らし早口。

「あ、あのねぇ。ほ、ほら、行くわよ。とっとと終えましょう。私達はハルや【盟約の桜(おう)花(か)】の先発も兼ねているんだから、ね？」

＊

貴族街を進んで程なく、私達は周囲を鋼鉄の柵で囲み、二柱の雷と剣が金属で描かれている大きな屋敷の正門前に辿(たど)り着(つ)いた。

昼間だというのに、邸内を完全武装の騎士や兵が守備していて、物々しい雰囲気だ。

もう二度と戻ることはない、と思っていたのに、人生って分からないわね。

「……着いたわよ」

自然と不機嫌さが滲み出つつ、私は後ろのタチアナへ声をかけた。

すると、天下の【不倒】様は屋敷を見て、子供のようにはしゃいだ。

「うわぁ！　凄い御屋敷じゃないですか。レベッカさんは御嬢様だったんですね。あ、敬語にした方が良いですかぁ？」

「貴女達のクランホーム、これの倍以上あったじゃない」

「そんなことはないです。さ、行きましょう～」

軽い口調でいなされ、タチアナが正門へ向かおうとした。

「ち、ちょっと、待ちなさいよ」

慌てて止め、近くの屋敷の壁に身を潜める。帝都と異なり、王都に街路樹は殆どない。

タチアナが不思議そうに私を見た。

「？　どうかしました――……ああ、なるほど。うふふ」

「……何よ。仕方ないでしょ」

表情に不安が出てしまっていたらしい。唇を尖らせ、腕組み。

私は、家の為に十三歳の私を上級貴族に差し出そうとした父や、助けてくれなかった腹違いの兄達に会うつもりは更々なかった。

昔の私だったら妹からの手紙さえも黙殺しただろう。

――私はアルヴァーン家とは何の関係もない、と。

タチアナが両手を優しく握ってきた。

「大丈夫ですよ。大丈夫です。いざとなったら、全部全部、吹き飛ばしてから考えればいいんですから♪」

過激な発言を聞き、私は吹き出しそうになるも、副長様はお澄まし顔。

案外と食わせ者な少女へ切り返す。

「……ねぇ、私をからかってるでしょう?」

「はい♪」

「……何時か痛い目、見るわよ」

「その時はハルさんとレベッカさんに助けてもらいます♪　それに、うちの団長、ああ見えてとっても過保護なんですよ?」

「はいはい――じゃあ」

「行きましょう~」

物陰から出て、今度こそ屋敷の正門へ向かう。

屋敷の庭内にいる騎士達も気づいてざわつくが、気にせず紋章へ手をかざし――魔力を流し込む。

『！』

男達が驚く中、音を立てて正門が開き始めた。

妹の手紙に書かれていた『鍵』は正しかったようだ。

タチアナと目配せし合っていると、すぐさま十数名の騎士と兵士が出てきた。

皆、長槍に鎧兜を身に着け、かなり殺気立っている。

……変だ。

三列強首脳会談が行われるとはいえ、どうして、こんなに緊張を？

門の内側から隊長らしき若い男が叫ぶ。

「何者だ！　ここをアルヴァーン副侯爵邸と知ってのことか！」

「副侯爵？　……やっぱり、伯爵ではなくなったのね。しかも、新しい貴族位まで作らせたわけ？」

私は額に手をやり、溜め息を吐く。

『副侯爵』なんていう位も初めて聞いたし……私が屋敷を抜け出した時、父は『伯爵』だった。どんな姑息な手を使って地位を上げたのだろう？

隊長が青筋を立てて、怒鳴ってくる。

「質問に答えよっ！　まさか、貴様達はシャロン様の婚姻の邪魔を――っ！」

『！』

私が視線で威圧すると、槍衾が激しく揺れた。

タチアナが手で『自重を』と伝えてきたので、同意する。戦うつもりは毛頭ない。

踵を返し、一方的に話す。

「……シャロンに伝えなさい。『話は聞いてあげる』と。ただ、私からはこれ以上何もしない。当分王都に滞在しているわ。タチアナ、行きましょ」

これくらいが精々だろう。

幼かったとはいえ、妹は私が無理矢理押し付けられそうになっていた婚姻に反対はしなかった。美少女剣士が私の隣へ。

「いいんですか？」

「いいのよ。私はハルにこう教えてもらったわ。『結局のところ、自分を変えられるのは自分。他人じゃない』って。たとえ、肉親であったとしても……それは変わらない。あの子が本当に私に助けを求めているなら来るでしょう」

「何をごちゃごちゃ話しているっ！　シャロン様は貴様のような者になど決してお会いに

はならぬっ！　……怪しい奴等め。おいっ！」

『はっ！』

隊長が号令を下すと、門が大きく開き、兵士達が展開。

私達へ長槍を突き付けてきた。

「動くなっ！　名を名乗れっ‼」

……主に似たのか、喧嘩っ早いわね。

名乗りたくなんかないのに。せめて、古参の者がいれば、話も。

タチアナがのほほんと左頬に手を添えた。

「う～ん……レベッカさん。穏便にはいかないみたいですね♪」

「……どうして、そんなに嬉しそうなのよ。意外と暴れたがるわよね、貴女」

既に多数の【楯】が展開されつつある。実力差があり過ぎて、兵達は気づいてもいない。

すると、私の指摘を受けた少女はフルフルと頭を振り、儚げに俯いた。

「私、か弱い女なので、時折発散しないと、心を病んでしまうんです……。こんな身に生まれた自分が恨めしいです」

「……普通の女は槍を突き付けられたりしたら、悲鳴をあげると思うわよ？」

「レベッカさん、それ御自分も普通じゃないと認めていませんか？」

「き、貴様等っ、無視をするなっ!!!」

隊長が怒号を発し、槍衾が更に近付く。

……はぁ。

後ろ髪のリボンに触れながら、名乗る。

「レベッカ――レベッカ・アルヴァーンよ。一応、『雷光』アルヴァーン伯爵――ああ、今は副侯爵なのかしら？　どうでもいいけど。その人の長女になるわね」

『!?』

隊長達が言葉を失い、数歩後退した。

そこへタチアナが言葉の追撃。

「ついでに言わせていただくと、レベッカさんと私は特階位です。確か王国の法だと、公的身分は伯爵様より上とか？　その私達に武器を向ける――……うふふ♪　どうなるんでしょうねぇ★？」

『！？！！』

隊長と兵達が激しく動揺し、じりじりと後退。隣の美少女は普段通りの微笑み。

……この子、ほんと敵に回すと質が悪いわね。

美人で、胸も大きくて、私よりも強いなんて……神様は依怙贔屓が激し過ぎだわっ！

溜め息を吐き、手刀を一閃。

紫電が走り、全ての槍の穂先を叩き切る。

『！』

兵達の顔に恐慌が走り、隊長が震える手を掲げた。

正門がゆっくりと閉まり、全員屋敷へ向けて駆けていく。

情けないのか、判断力はそれなりなのか……評価しづらいわね。

タチアナが拍手をし、剣の柄に手をかけた。

「御見事です♪　では、私も～」

「……状況がややこしくなるからしないで。私はここに来た。後は妹次第よ」

「はーい」

練達の美少女剣士は柄から手を離した。

――あの隊長がシャロンに伝えるとは思えない。

報告は『アルヴァーン副侯爵様』に握りつぶされてしまうだろう。

自分が正しい、と考えたらそれ以外全て排除する。

私の母を無理矢理妻にした男は、そういう人物だ。人はそう簡単に変われない。

タチアナに頬(ほ)っぺたを突(つつ)かれる。

「レベッカさんの頬っぺた、とっても柔らかいですね。お手入れは何を～？」

「……後で教えてあげるから。止(や)めなさい」

「は～い♪」

指を離し、タチアナはニコニコ。……またしても、見透かされているみたいね。

【薔薇(ばら)の庭園】副長の目は節穴じゃない。

私はちょっとだけ悔しくなり、少女のイヤリングを揺らして促した。

「……宿に行きましょう。ジゼルが折角手配してくれたみたいだし」

「了解で～す♪　あ、宿で恋話(こいばな)しましょうね？」

「し、しないわよっ！」

＊

「うふふ、レベッカさん～。この白ワイン、飲みやすいですね。お土産にしたいです。お料理も凄(すご)く美味(おい)しかったぁ♪　ジゼルさんに感謝ですね～☆」

グラスを掲げ、上機嫌な様子なタチアナが話しかけてくる。髪飾りや剣も外し、完全に気が抜けている様子だ。

今、私達がいるのは王都南部――『一角獣亭』。その最上層の一室。

王国でも屈指の宿の一つであり、泊まっているのは殆ど他国の人々だ。

同盟産だという精緻な細工が施された窓の外には、美しい夜景が広がっている。これだけは、帝都に対抗出来るかもしれないわね。

そこまで考え、私は目の前の美少女を注意する。

「……少し飲み過ぎよ。だいたいそれ、私のグラスでしょう！」

「わかってまーす。わざとでーす♪」

ほんのりと頬を染め、タチアナは肘を丸テーブルにつけた。

同性ながら色っぽいわ。エルミアが見たら、へそを曲げそう。

つまみの鶏肉を揚げた物を口に放り込み、勧告。

「……酔い潰れたら、ベッドへ放り投げるから」

「えーレベッカさん、ひどいです～」

くすくす笑っている美少女へジト目。……気を許してくれるのは嬉しいけど。

丸テーブル上には豪華な料理の皿とワイン瓶。

一本で金貨十数枚はする超高級品だ。

……ジゼルったら、どんな手配をしたのよ。

王都の冒険者ギルドに顔を出し、案内された宿が此処だった時は、頭を抱えた。

確かに、ここなら警備も厳しいし、王国貴族の介入があったとしても、撥ねつけるだけの社会的権威もあるだろう。

でも……一泊で一般家庭の月収に匹敵するような宿に泊まるつもりはなかったのにっ！

ジゼルがギルドへ寄越したという端的な手配メモを見る。

『特階位冒険者【雷姫】【不倒】の名を汚さないよう、よろしくお願いします』

私は何とも言えない気持ちになり、ワインを飲み干した。独特な風味がして、美味しい。

……ハルやエルミアに関わってるせいか、自分が特階位なのを忘れがちなのは悪い癖ね。

タチアナを馬鹿に出来ないわ。

自省しながら、ハンカチで美少女の口元を拭く。

「少しだけ、真面目な話をしていいかしら？　タチアナ・ウェインライトさん？」

「いいですよ。レベッカ・アルヴァーンさん★　王都の物々しい警備体制の件ですね？」

「――当たりよ」

流石は歴戦の冒険者。気づいていたみたいね。

私は空いた二つのグラスに白ワインを注ぐ。

「三列強首脳会談を控え、警備を強化しているのは理解出来るわ。十大財閥当主も集まるなら、猶更ね。でも――兵士の数が多過ぎる。ギルドの話だと、帝国軍に対抗する為に、西部国境へ派遣予定だった最精鋭部隊まで王都へ戻しているみたいだし」

「……変ですね。帝国と同盟の両首脳を威圧するにしても、緊張の拡大は王国側も望んでいない筈です。戦えば、帝国には勝てません。噂に聞く、【十傑】の一人、【光弓】が出張っても結果はそれ程変わらないでしょう」

「歴代のエルネスティン王家は優秀だと思うわ。そうじゃなきゃ――二百年で、廃墟から大国は創れない。現国王は現状維持主義者みたいだけど」

王国を統べるエルネスティンは、帝国のロートリンゲンの分家の分家だったらしい。

ハルの夜話だと『大崩壊』後、『初期王国を支えたのは初代エルネスティン王の非凡さのみだったよ』というから余程だったのだろう。

――なのに、今の王都には多くの騎士や兵士が詰めている。

まるで、何かの『脅威』に怯えているかのようだ。

タチアナが瞳に怜悧さを宿らせ、推論を示す。

「情報収集という面では、王国上層部にも勝っている冒険者ギルドですら困惑していた所を見ると……命令は王家から直接下りてきているんじゃないでしょうか？　【天騎士】様が率いる大陸最強傭兵集団の圧迫を受けている西部国境から、精鋭を抽出する、というのは、首脳会談前に問題を解決しておきたい、という切なる願い故、だと思います」

「………」

私は炒った豆を幾つか摘まみ、複雑な想いを抱く。

目の前の美少女は、こと、『情勢判断』という面において私よりも遥かに勝っている。

こればかりは経験が違い過ぎる。

……ハルも、そういう所を気に入っているのかもしれない。

黙り込んだ私に対し、タチアナが訝し気に小首を傾げる。無駄に可愛い。

「？　レベッカさん？　どうかしましたか？」

「……何でもないわ」

「嘘です！　今、私のことを見てましたよね？」

「見てない」「見てましたー」

「……私が貴女を見る理由がないでしょう？」

つっけんどんな口調で返す。

我ながら子供っぽいけれど、抑えられない。

……だって、ハルは私よりも、タチアナを気に入っているかもしれないし。

美少女が豊かな胸を押さえ、身体を揺らす。

「酷いっ！　私は遊びだったんですねっ！　あんなに……あんなに、仲良くなったと思ってたのにっ‼　王都へ来るまでの道中では、隣で寝たのにっ‼　裏では――『くく、所詮は恋敵。油断をさせて後ろから……』なんて、思ってたんですねっ⁉」

「誰の話よっ！　わ、私は別にあいつのことなんか……はっ！」

たちまち、タチアナの表情が変化。

ニヤニヤしながら、頬っぺたを突かれる。

「あれあれぇ～？　わ・た・し★　相手が『ハルさん』なんて言ってませんよぉ～？」

「つぐっ！　タ～チ～ア～ナ～……？」

憤怒にその身を焦がし、私は荒々しく立ち上がった。

年上の美少女を摑もうとするも、ひょいっと躱される。

「きゃー♪　怖いです～」

楽しそうにはしゃぐ迷宮都市最強の楯役である【不倒】様。

……駄目だ。このままだと、延々と遊ばれてしまう。

肩を竦め、私は大きなベッド脇へ。

夕食前に用意しておいた着替えと入浴用具一式を手にする。

『一角獣亭』の地下には、とある『獣』が傷を癒す為に大地を掘ったという、数百年間滾々と湧き出している温泉があるのだ。

案の定、タチアナが背後から覗き込んできた。

「？　レベッカさん？？」

「お風呂に行ってくるわ。天然温泉らしいし。タチアナは」

「行きます～♪」

「なら、準備をする！」

「は～い♪　うふふ～。ほんとっ、レベッカさんって」

「……何よぉ」

睨みつけるも、微笑む美少女には通じない。

逆に頭を撫でられ、しみじみと訴えられる。

「優しいですよね♪　あ、そーだ！　私、お姉ちゃんが欲しかったんですよ。レベッカお姉ちゃん、って呼んでいいですか？」

「ダメ。第一、あんた、私よりも年上でしょう⁉」

「えー。いいじゃないですかぁ。減るもんじゃなし～。それとも、レベッカママが」

「……先に行くわ」

無視しさっさと部屋を出て、壁に背をつける。

……今頃、レーベはハルと一緒に世界樹を登っているのかしら？

帰ってきたら、きっと、膝上で色んな話をしてくれるだろう。思わず顔が綻ぶ。

少し浮き浮きしていると、

「レベッカさんっ！　――お待たせしました♪」

「ち、ちょっと、タチアナ、離れなさいよっ！」

タチアナが廊下へ出て来た。

そして、私を見つけるやいなや、デレッとして左腕を拘束。とても柔らかい感触。

……私だって、その、悪くはないと思う。

けど、お、男の人は、大きい方が好きな場合が多いって――はっ！　わ、私は何をっ！

頭をぶんぶん振り、引き離そうとするも、くっ……。

「うふふ……無駄ですよぉ。私、これでも楯役ですからぁ★　さ、行きましょー」

説得は不可能みたいだ。

仕方なく、同意し――より気になっている事柄について質問。

「はぁ……分かったわよ。ところで、タチアナ」

「何ですかぁ？」

「その、ワイン瓶とグラスは？」

「お風呂で飲むと美味しいんです♪　前にハルさんに教えていただきました～☆」

「………へぇ」

思わず声が低くなってしまう。

自分でも嫌になってしまうけど、私はハルの事となると、どうしても沸点が低い。

これが、惚れた弱み――……じゃなくてっ！

タチアナが目をパチクリ。

「レベッカさん、大丈夫ですかぁ？　あ、今度、三人で温泉に行きますか～？」

「！　……い、い」

「い？」

「………行く」

「はい♪」

敗北感を抱きながら、広い廊下を進み、大階段を降りて行く。総大理石製でとても堅固な造りだ。

どうでもいい話をタチアナとしていると、あっという間に一階へと辿り着く。他国の外交官や政府関係者達なのだろう。

宿泊客の姿は多くはないものの、落ち着いた印象を受ける男女ばかり。

続けて、地下の温泉へと続く階段を進んで行く。

――後方に微かな気配。

暫くして立ち止まり、私は静かに尋ねた。

「で――何時までそうやって様子を窺ってるの？　言っておくけど、私は別に助けなくてもいいのよ？」

「！」

階段の陰で息を呑む気配がした。

……酷く懐かしい魔力。

タチアナが頭を軽くぶつけてくる。

「レベッカさん、宿の人に『客人が後から来るわ』と伝えておいて、かつ！　御自分から声までかけてそれは流石に説得力がありませんよ？　でも、早く出て来てほしいですね。私達、これから温泉なので～♪」

「タ、タチアナは黙っててっ！」

階段の陰から、緊張した様子の少女――私の妹であるシャロン・アルヴァーンが姿を現した。精一杯の変装なのか、布帽子を被り、外套を羽織っている。

耳が隠れる程度の白金髪。背が多少伸び、少しだけ大人びたようだが、幼い時と同じで気弱そうだ。十四歳には見えない。

シャロンが両袖を握り締め、おずおずと、口を開く。

「あ、姉様……あの……えっと……」

「久しぶりね。さ、用件を」

左腕がいきなり軽くなった。

くっ付いていた美少女が、目の前の少女を力いっぱい抱きしめる。

「！？！！」

胸に埋もれる格好になったシャロンは硬直。

対して、タチアナは興奮した様子で振り向いた。

「可愛いですっ！　小さな時のレベッカさんもこんな感じだったんですか⁉　私の妹にしても良いですか？」

「……駄目に決まっているでしょう。タチアナ、離しなさい」

「嫌ですっ！」

「え、えっと、あの……姉様、こちらの方は……？」

妹が戸惑った様子で質問してきた。

一生懸命抜け出そうとしているけど、無理ね。

「その子はタチアナ。今回の旅の連れよ」

「レベッカさん、そこはちょっと冷たく、でも実は本心では認めている感じで『……戦友よ』とか、少し照れて『……私が憧れてる人なの』でいいですよ？」

こ、この女……。まぁ、戦場ではカッコいいけど。

頭痛を覚えながら、適当にあしらう。

「……とか何とか言うただの酔っ払いだから、気にしないでいいわ。タチアナ、離れて」

「嫌です！」

「タチアナ？」

……嫌な予感。

こういう時の私の勘は外れない。

妹を気に入ったらしい美少女は、至近距離で名前を呼んだ。

「シャロンさん♪」

「は、はい」

「お姉さんと温泉へ入りたくはありませんかぁ？」

「へぅ？」

理解不能、といった表情になり、シャロンはまじまじとタチアナを見つめた。

……はぁ、やっぱり、こうなるのね。

「裸になって積もる話をした方がきっと良いですよ♪　うん、そうしましょう！」

「ち、ちょっと、タチアナ」

「レベッカさんは先に行っててください！　私、シャロンさんのお着替えとかを用意してきまーす」

そう言うと、美しい髪を靡かせ、あっと言う間にタチアナはいなくなった。

……気を遣ってくれちゃって。

呆気に取られた様子のシャロンへ声をかける。

「――そういうことだから。話は温泉で聞くわ。嫌とは言わせないわよ？」

＊

地下の広い脱衣場には私達以外誰もいなかった。

籐籠に着替えを放り込み、上着を脱ぐと、ひらひらのレースが付いた下着が目に入る。

この前、タチアナに押し付けられた代物だ。

……そう言えば、あの子、何で私の胸の大きさを知って？

不思議に思っていると隣の妹が口を押さえ、瞳を大きくする。

「…………」

「……何よ？」

「あ、は、はいっ！」

おどおどしつつ服を脱ぎ始める。下着は清楚な純白。……ちょっと痩せ過ぎだ。

手を伸ばし、妹のお腹の肉をつまむ。

「ひゃっ！　あ、姉様⁉」

「……シャロン、貴女、ちゃんと食事は摂ってるの？　痩せ過ぎよ。成長期に食べないと、背も伸びないし、色々育たないんだから。……で、後から後悔するの」

王都を脱出して辺境都市に落ち着くまで、私は毎日の食事にも苦労していた。

もう少し背を伸ばしたかったな……ハルより少し低いくらいに。

妹が何を勘違いしたのか、背伸びをしながら褒めてくる。

「あ、姉様は、その……と、とってもお綺麗になりましたっ！　最初、別人かと……」

「そう？　ありがと。さ、早く、入るわよ」

「は、はいっ」

下着も脱いで、タオルと入浴具を持ち、温泉へ向かう。

短い石製の通路を抜けると――見えて来た。

シャロンがぴょんぴょん、跳びはねる。

「わぁぁぁ。す、凄く広いですねっ！　わ、私、こんな豪華なお風呂、見たことないです！」

妹の言う通り、『一角獣亭』の地下温泉は見事なものだった。

一見すると、まるで神殿。

各所には狼の彫像や花の細工が施され、白い湯気が濛々と立ち込めている。

流石ジゼル。こういう時の選択は悪くないわね。

そこまで考え――視線を感じ、妹を窘める。

「シャロン。はしゃがないの。迷惑でしょう」

「！　は、はい……ごめんなさい、姉様……」

温泉につかっている綺麗な女性が、私達を見ていた。

綺麗な長い蒼白髪。顔は信じられないくらい整っていて、尖り耳——エルフ族だ。

軽く頭を下げると、微笑んで手を振ってくれた。

気にしてない、という意思表示。良い人のようだ。

ただ——妹が小声で囁いてきた。

「(あ、姉様、姉様……む、胸が大きいと浮くって、本当だったんですね。は、初めて見ましたっ)」

「(シャロン……見るなら、後でタチアナのを見なさい)」

大人ぶってはみたものの、若干どす黒いモノが心に浮かび上がってきたのも事実。

美形で、いい人で、胸も大きいって……反則じゃない？

シャロンと洗い場に並んで座り、髪や身体を洗っていると——湯から出る気配。さっきの女性だろう。

後ろを通って行く際に優しい声。

「いい湯よ。ゆっくり入ってね。帝国からの長旅の疲れを取ってね」

……え？

思わず振り向くも、女性の姿は無し。

若干の違和感を覚えていると、妹が助けを求めてきた。

「う～……あ、姉様ぁ。お、お湯を頭にかけてくださいぃ。目に石鹸がぁ……」

「……シャロン。貴女、もう、十四歳でしょう？」

「ちょ、ちょっと、苦手なんですぅ」

「仕方ない子ね」

呆れながらも、木桶でお湯をかける。

目を開けた妹は恥ずかしそうに上目遣い。

「あ、ありがとうございました。…………小さい頃も、こうやって姉様にお湯をかけてもらいましたね」

「……そうね」

胸に微かな痛みを覚え、私は湯船へ向かう。

ゆっくりと足からつかり、得心。確かにいい湯だわ。

……それにしても、さっきの人は私が帝国から来たのを何で知って？

考えていると、シャロンも隣へやって来た。

緊張した様子でつかり、私の隣へ。ただ、拳三つ分、間がある。

天井を見上げ、淡々と零す。

「そんな他人行儀じゃなくて良いわよ。昔通りでいいから」

「！　は、はい」

恐る恐るといった様子で妹は私との距離を詰め、肩をくっ付けた。

……小さい頃、こうして一緒に入ったのを思い出すわね。

「いいですねっ！　美少女姉妹で仲良しさんっ！　うちの団長とルナさんも、いい加減意地の張り合いは止めて、こういう姿を私に見せてほしいものです。サクラさんとハナだと、こういう雰囲気にならないんですよね……どっちが先に逆上せるか対決になっちゃいますし」

「「！」」

私達はほぼ同時に身体を震わせ、前方を見やった。

靄の中に佇んでいるのは見事な肢体の美少女。

「！　タ、タチアナ」

「はい♪　お待たせしました～」

気配なく現れた、ワイン瓶とグラスが載ったトレイを持ったタチアナはさっさと湯船へ入って来た。何時の間にか、身体は洗っていたようだ。

妹の瞳が大きくなり、タチアナの湯船に浮かぶ双丘を凝視。

「うわぁぁぁ……あ、姉様…………」

「……シャロン、いい？　成長期に食べなきゃダメ」

「は、はいっ！」

「大きくても良いことはあんまりないですよ～？　あ、でも、ハルさんがお好きなら、むぐぅっ！」

トレイを魔力で補助しお湯に浮かばせた美少女の口元を、手で塞ぐ。

ギロリ、と睨(にら)みつけ、釘(くぎ)を刺す。

「……タチアナ、私の妹の前でそういう話をしないでくれる？」

こくこくと頷(うなず)いたので手を離すと、グラスを手渡された。

心底楽しそうな提案。

「さ、レベッカさん、飲みましょう～♪」

「あのねぇ……」

「あのあの……あ、姉様。この方は、その………いったい？　御名前は先程、お聞きしましたけど」

戸惑った様子のシャロンがおずおずと尋ねてくる。

ああ、そう言えば詳しくは説明してなかったわね。

「ロートリンゲン帝国で知り合ったの。あんまり近付かないようにしなさい。危ないから」

「レベッカさん、酷いです～！　私は、身も心もこんなに曝け出してるのにっ……嗚呼、なのに、なのに……やっぱり、私のことは遊びだったんですねっ！」

　タチアナが、ここぞっ！　とばかりに会話に口を挟んでくる。

　美少女にグラスを手渡し、氷の魔石で冷やされている白ワインを注ぐ。

「……まぁ──友人、よ」

「うふ♪」

　これ以上ないくらいのニコニコ顔。あ～もうっ！　だから、嫌だったのよ。

　タチアナがワインを飲みながら、自己紹介をする。

「改めまして──タチアナです。レベッカさんとは恋敵ですけど、仲良くしていただいています」

「ア、アルヴァーン家次女、シャロンです。えっと……」

「うふふ♪　ほんと可愛いですね。シャロンさん、一つお聞きしても良いですか？」

「は、はい」

　──タチアナの雰囲気が変わった。

　羽目を外していた様子が一変。

迷宮都市最強クラン【薔薇(ばら)の庭園】を支える、切れ者副長の表情。

「今晩、レベッカさんを訪ねて来られたのは、貴女自身の意思ですか？　それとも――アルヴァーン副侯爵の意思ですか？　宿の外に潜んでいた兵士の方々はあっさりと気絶されてしまったので聞けなかったんです。お答え願えますか？」

……潜んでいた兵士？

着替えを取りに行くと見せかけて、その排除を⁉

妹は見る見る内に蒼褪(あおざ)め、立ち上がって、震え始めた。

「！　そ、そんな……御父様、私をつけさせて……⁉」

「シャロン、落ち着きなさい。ほら湯につかる――タチアナ？」

優雅にグラスを傾けた美少女は悪い微笑み。

「うふふ♪　今日訪ねて、すぐにシャロンさんが訪問される。何もない、と思う方がおかしいですよ。レベッカさんだって、気がついておいでだったのでは？」

「……私にも、一杯ちょうだい」

「はい♪」

タチアナが瓶を手にし、白ワインをなみなみと注いでくれた。

「で、どうしたの？」

「シャロンさんの着替えとワインを持って、部屋を出ようとしたら、怪しい人影が見えたので。それで――えーい、って♪　あ、魔力で強化したので、一本も割ってないですよ？」

美少女がワイン瓶を振る真似をする。

【楯】を使う必要もなかった、と。

私が言うのもなんだけど……出鱈目ね。グラスを傾け一口。

「加減はしたのよね？」

「当たり前ですよ～。私、ハナやレベッカさんみたいに、何時でも、何処でも、建物や道路を壊したい衝動は持ってないんですよ？」

「なっ⁉　タ～チ～ア～ナ～？」

「きゃー♪」

湯船を掻き分け、美少女が逃げていく。

小波が起こり、お湯が顔面蒼白の妹にかかった。

戻って来たタチアナが、予備のグラスに冷水を注ぎシャロンへ差しだした。

「――冗談はさておきまして、シャロンさん、質問にお答え願えますか？　先程の御様子ですと、何も知らなかったようですが」

「……はい。うちの家に長く仕えてくれている者から、姉様が昼間お越しになったのを聞いて、急いで屋敷を抜け出してきたので……わ、私、だ、誰にも言ってませんっ！」

年齢よりも幼い印象の妹は必死な様子で弁明する。

この様子だと、黙って出て来たのは本当なのだろう。

タチアナが怜悧さを滲ませ、淡々と問うた。

「言ってないのは本当でも——貴女の御父上が貴女を監視される、とは考えなかったんですか？　手紙の件も罠だったのでは？」

「⁉　そ、それは……」

シャロンは華奢な身体を震わし、今にも泣きそうだ。

私は息を吐き、友人を止める。

「タチアナ」

「駄目です。シャロンさん、レベッカさんの今の異名を知っていますね？」

厳しさを見せ、タチアナは私の言を封じ、質問を重ねた。

優しいだけじゃ、迷宮都市最強クランの副長は務まらない、か。

シャロンが俯き、零す。

「…………特階位冒険者【雷姫】様です」

「そうです。雷龍を単独で討伐し、冒険者としての最高位、特階位にまで登り詰めた大陸でも有数の剣士。貴女はレベッカさんが実家を出られた理由を知っていますよね？　なのに、ああいう手紙を送られるのは些か姑息なのでは？　貴女の御姉様は『来ないでっ！』と書いた手紙を読んで、動かない人ではありません」

「っ！　……はい」

「私は、貴女の御実家に一切の興味がありません。魔力を上げたり、家格の向上を目指して、婚姻を推し進めたりするのもお好きにどうぞ、と思います。けれど――」

タチアナが表情を引き締めた。

視線を受けたシャロンは、龍に睨まれたかのように、動けない。

「親友であるレベッカさんに危害を加える方は私の敵です。努々お忘れなきよう」

「…………ごめんなさい」

「……はぁ」

ぽろぽろ、と涙を零す妹の頭を撫でる。

あいつが何時もしているように、出来るだけ優しく。想いが伝わるように。

「大丈夫よ、別に怒っていないから、ね？」

「あ、姉様……わた、わたし……私っ！　ずっと、ずっと、謝りたいって、思って……だから、だから、だからっ！」

ますます涙を溢れさせる妹へ手を振る。

確かにこの子は、私が政略結婚させられそうになった際、味方になってはくれなかった。けれど……当時十歳の子供が、家の中において絶対的な権力者である父に逆らえる筈もない。理屈では最初から分かっていたのだ。

妹を宥め、友人を責める。

「貴女は小さかったんだし、仕方ないことよ。手紙、嬉しかったわ。……タチアナ、虐め過ぎっ！」

「うふふ♪　つい、鬼教官になっちゃいました。シャロンさん、許してくださいね。でも、どうしますか？　ここにまで兵を送り込んできたということは、余程レベッカさんに御執心のようですけど。つまり――」

唇が動く。

シャロンさんの婚姻は『罠』。本命は手紙に書かれていたようにレベッカさんです。

……分かってるわ。好きにはさせない。

私は涙を流している妹へ話しかけた。

「シャロン、後は私達に任せておきなさい。貴女が望まぬ婚姻なんかぶっ潰してあげる。取り敢えず、水を飲んで落ち着きなさい」

「で、でも……」

グラスをシャロンへ手渡し、肩を竦める。

「心配しないで。私もそれなりに強くなったし、この子も強いわ。私よりもね」

「レベッカさん、酷いです～。私、こんなにか弱くて、お淑やかなのに……」

「はいはい。普通の女の子はワイン瓶で兵士を制圧しない……ねぇ本当に、殺してないんでしょうね？」

「…………」

タチアナは微笑んだまま、ゆっくりと目線を逸らした。

左手の人差し指を突きつける。

「そこっ！　目を逸らさないのっ！　ワインも飲まないいっ！」

「え～」

「…………あは」

シャロンは私達のやり取りを見てきょとんとしていたものの、涙を浮かべながらも笑い始めた。思わず私も笑顔になってしまう。

父も兄達も大嫌いだったけれど……シャロンは、幼い頃から私を慕ってくれていた。

タチアナがお湯をかき分け、急接近。私達に抱き着く。

「ち、ちょっとっ」「ひぅ！」

「うふふ～♪」

見ると片目を瞑ってきた。唇を動かす。

王都まで来て良かったですね、レベッカお姉ちゃん☆

「…………」

私は顔を顰め、渋々と頷いた。

……でも、後でワインを飲みながら、お説教するからっ！

＊

「わぁわぁわぁ……姉様、とっても凛々しいです…………素敵です」

「――そう？　昔とそんなに変わってないわよ」

私は軽鎧を着て、昨晩は宿に泊まったシャロンへ軽く返事をする。ハルと出会う前、妹が着ているのは、冒険者ギルドからタチアナが調達してきた剣士服。

私が着ていた物に似ている。

それにしても……少し眠い。昨晩は三人で話し過ぎてしまった。

双剣を手にしていると、シャロンがもじもじ。

「あと、その……」

「？」

「えっと、えっと……リボンを触っている時の御顔が、一番御綺麗でしたっ！」

「――……気のせいじゃないかしら」

背を向け、騒がしい窓の外を見る。

完全武装の騎士や兵士達が隊列を組み、通りを進んでいるのが見えた。

何とはなしに後ろのリボンを弄る。

変わったのだとしたら……それはハルに出会ったせい。あいつが私の心を盗んだせいだ。

ニコニコしているシャロンへ、肩越しに話しかけようとしたその時、ノックの音。

「いいわよ、入って」

「は～い♪　あ、もう着替え終わったんですか？　……残念です。受付の方に美味しい店を教えてもらっている場合じゃなかったかもしれません」

入って来たのはタチアナ。着替え終わり、腰には片手剣を提げている。

私は、夜更かしの影響を全く見せていない美少女へ質問。

「……一応聞いてあげる。どうして？」

「それは勿論♪　レベッカさんの磁器みたいに綺麗な肌を愛でる為ですよ！」

「………タチアナ、あんた、クランにいる時と性格変わり過ぎじゃない？」

思わず身体を引き、椅子の後ろに回り込む。何故か妹も挙動不審の様子だ。

けれど、年上美少女は気にせず両手を合わせた。

「え～そうですかぁ？　でも……うふふ、今朝、レベッカさんがあられもない姿で寝ている間に、シャロンさんと温泉に入ってきたので、満足です～♪」

「なっ！　シャロン⁉」

妹の華奢な両肩に手をやり、揺らす。

恥ずかしそうに顔を伏せ、シャロンは内容を肯定。

「えっと、あの、タ、タチアナさんがどうしても、と仰るので……」

「大丈夫？　変なことされなかった？？」

すると、ますます恥ずかしそうに俯いてしまう。

……まさかっ！

微笑む美少女をきっ、と睨みつけ抗議をする。

「……ちょっと、私の妹に何をしてくれたのよ？」

「それは、勿論、ひ・み・つです♪」

「タ〜チ〜ア〜ナ？」

「うふふ〜――……レベッカさん」

「了解」「え？　姉様？？」

和やかな雰囲気が一変。タチアナが冷たさを瞳に宿し、剣の柄に手をやった。

私も、戸惑うシャロンを背中にやり臨戦態勢。

――直後、轟音。

扉が砕け散り、重厚な鎧を身に着け巨大な魔槍を右手に持ち、腰には煌びやかな魔剣を提げている、金髪で口髭を蓄えた壮年騎士が傲然と部屋へ入って来た。

奥にはフードを被った騎士も一人――体躯からして、女性のようだ。

怒れる騎士を見てシャロンが震えあがり、私の裾を握り締める。

「あ、姉様……」

「シャロン、大丈夫よ。……で？」

騎士――私とシャロンの父親、ラヴェル・アルヴァーンの視線を受け止め、呆れた口調で、問い質した。

「いったいどういう料簡なんですか？　ここは王国王都の『一角獣亭』。朝から、こんな場所で騒動を起こせば言い訳もききませんよ？　『雷光』アルヴァーン伯爵閣下？　ああ、副侯爵になったんでしたっけ？」

はっきりと聞こえる程の歯軋り。

室内に紫電が飛び交い、ラヴェルが怒号を発した。

「……黙れっ！　愚かな娘だと思っていたが、よもや、これ程の大馬鹿者だとは思わなんだ。気に喰わぬから、と王都の中心地で兵士達の命を奪おうとは……特階位になった、などという話もこの分では偽情報であったかっ！　貴様は我がアルヴァーン副侯爵家の恥っ！　抵抗すれば命はないものと思えっ！」

「……はぁ？　何を言ってるのよ？？　言葉は通じてる？？？」

意味不明な物言いに、自然と言葉が鋭くなる。

漏れ出た雷の魔力で実力も推し量れた。

……四年、か。

額に青筋を浮かべ、ラヴェルが魔槍に雷属性攻撃魔法を展開していく。

「この期に及んで言い逃れとは見苦しいぞっ！　せめてもの情けだ。大人しく縛につけば、命は取らぬ。さぁ、とっとと、白状――」

「お忙しいところ、大変申し訳ないのですが、お聞きしてもよろしいですか？」

緊迫した状況を霧消させる、タチアナの穏やかな声。

ラヴェルが、ギロリ、と私の隣で小首を傾げている美少女を見る。

「……何者だ？」

「情報伝達がされていないようですね？　お伝えするよう念入りに頼んでおいたのですが……つまり、昨晩宿を監視していたそちらの兵士さん達が殺害されたんですね？」

「！」

ラヴェルの顔に驚愕が浮かび、攻撃魔法を解除した。

威圧すれば、私が屈する、とでも思っていたのだろう。

この男は、四年前と何も変わっていないのだ。

タチアナが、わざとらしく手を叩いた。

「なるほど――だったら、レベッカさんにどうこう言うのは間違いです。兵士さん達を気絶させたのは私ですから」

「……何、だと？」

「勿論殺してなんかいません。ワイン瓶でちょっと気絶してもらっただけです」

ラヴェルが眉間に皺を寄せ、吐き捨てる。

「馬鹿なっ。我が精兵達をワイン瓶で、などと……」

「出来ますよ。容易い話です。そうですねぇ……この場で、私、そして私と真正面からやり合えるのは」

笑みを浮かべながら、真っすぐ指差す。

――その先には、フードを被った女騎士。

副侯爵の表情が強張り、強い緊張を帯びた。タチアナの口調も変わる。

「人に試されるのは、一人の方を除いて好きじゃありません。私達に頼みがあるのなら、御自身の口で語られるべきだと思いますよ？　王国の守護神にして大陸第二位の射手――【光弓】シルフィ・エルネスティン王女殿下？」

「……貴様っ！」

ラヴェルが槍の穂先に雷刃を形成してタチアナへ突き付ける。シャロンが私に抱き着く力を強めた。

妹の小さな頭を、ぽんぽん、と叩く。

私の親友が優雅にお辞儀。イヤリングが妖しい光を放つ。

「申し遅れました――帝国迷宮都市で細々と探索をやらしてもらっています、クラン【薔薇の庭園】副長タチアナです。【不倒】の称号を頂いております。――副侯爵閣下、剣士へ槍を向け、魔法を紡いだ、ということは」

顔を上げた瞳には極寒の吹雪。

ゾワリ、と背筋が冷たくなる。

……ここ最近、忘れがちだけどこの子は強いのだ。

教え子でもないのにあれだけハルに気に入られているのだ。

メル達も『教え子以外で、装備を貰っているなんて異例中の異例』と言っていたし。

「つまり『私達の敵』ということでよろしいのですね？　ああ、言っておきますが、特階位です。あら？　この地では確か、王族の方にも頭を下げなくて良いとか？？　……うふふ♪」

「っ！」

ラヴェルの顔が引き攣り、青くなっている。

――綺麗なよく通る声が響いた。

「アルヴァーン副侯爵。御苦労でした。後は私が。また――以後、この方達に関わることを禁じます」

「……は、はっ！」

奥の女性騎士が前進しながら、下令。

逆にラヴェルは私達へ凄まじい殺意の視線を向け、引き下がった。

王女が私達の前で立ち止まり――フードをとる。

長く美しい金髪。金銀の瞳。私とほぼ同じ背丈で華奢。年齢は私と変わらないようだ。

腰に提げているのは純白の鞘に納められた短剣。

今までたくさんの美少女や美女は見て来たけれど、その中でもこの子は群を抜いている。

光り輝く金髪を靡かせ、少女が深々と頭を下げた。

「レナント王国第一王女――シルフィ・エルネスティンです。非礼があったことを心より謝罪致します。アルヴァーン副侯爵の話では、貴女方にも嫌疑があるとのことでしたので……。その上で、話を聞いていただき、貴女方の御力を私にお貸しくださいませんか？」

タチアナが私を見て来たので、壊された扉へ目線。

意を汲み、歴戦の副長は王女へ告げる。

「謝罪は結構です。部下を盾にして相手の力量を測る。決して悪い手じゃありません。王族の方ともなれば普通のことなのでしょうし。……けれど」

タチアナが微笑む。これは……相当怒ってるわね。

「私のお慕いしている方ならこう言われるでしょう――『自分の驕りに気付いてない強者。まったく質が悪いね。まして、それが現実世界の権力と結びついているなら尚更だ』。私達に話があるのなら、どうして御一人で来られなかったのですか？　レベッカさんの父親まで連れられて出方を窺うなんて。有り体に言えば悪趣味の極みです」

「……っ」

「！　き、貴様っ‼　王女殿下に向かって、な、何たる言葉をっ‼」

王女が顔を曇らせ、ラヴェルが動揺し怒号。

けれど、海千山千の副長様は動じない。

「知りません。この方が王国でどんなに偉かろうが、私とレベッカさんには一切関係がありませんし？　……もしかして、シャロンさんの婚姻、というお話も貴女の策謀ですか？」

「……婚姻？　何の事でしょうか。対応を誤ったことは心底より謝罪します。何処かに、貴女達を侮る悪しきモノがあったのでしょう。これは偏に私が未熟な故。その上で――どうか、お願いします。話を聞いてくださいませんか？」

真摯な瞳に曇りはない。嘘（うそ）はついていない、みたいね。

ちらり、とラヴェルを見やると苦虫を噛（か）み潰したような顔をしている。

……ああ、そういうこと。

私の時と丸っきり同じ。こいつが勝手に先走って、裏で色々進めていただけ。端（はな）から『シャロン』ではなく『私』の名を使っていたのかも。

……人は確かに変わるわ、ハル。

でも、変わらない人もいるみたい。

少しだけ哀（かな）しく思いながら、タチアナに軽く頷（うなず）き、返答する。

「分かりました。御話（おはなし）をうかがいます」

「本当ですか⁉」

王女の表情に光が差し、煌めく魔力が飛び散った。

――入って来た段階で理解している。

この子の魔力は南方大陸でやり合った【国崩（くにくず）し】【万鬼夜行（ばんきやこう）】を優に超えている。

タチアナが人差し指をラヴェルへ突き付けた。

「ですが……その方は邪魔です。話を聞くのは私とレベッカさん、そしてシャロンさんだけにしてください」

「なっ⁉　そ、そんなことが許される筈がっ！」

途端に、男は激しく狼狽。

大方王女に取り入って、更なる出世の足掛かりにするつもりだったのだろう。

タチアナの要求を受け、王女が口を開く。

「ラヴェル、これより先は国家機密。貴方には聞かせられません。下がりなさい」

「王女殿下⁉　し、しかし、それではこ奴等が狼藉を働いた場合――っ！」

「……へぇ」「お～」「⁉」

王女が目を細めただけで、針のような光の魔力が放たれ、ラヴェルは片膝をつき、私とタチアナは賛嘆。シャロンだけはガタガタと身体を震わせ、私にしがみついている。

「私の名は【光弓】シルフィ・エルネスティンです。……何かご不満が？」

「い、いえっ！　し、失礼いたしましたっ‼」

そう言うと、ラヴェルはそのまま部屋を後にする。

――一瞬だけ視線が交錯。

屈辱を受けた故の底知れない憤怒。今となっては微風みたいなものね。

だけど、シャロンは酷く怯えている。

この子……どうしようかしら。いっそ帝都に？

部屋全体が光の結界で覆われ、白い椅子とテーブルが出現。王女の魔法のようだ。

「おかけください。これで誰にも邪魔はされずお話が出来ると思います。その後で、協力の是非について、お聞かせ願えれば」

「……分かったわ」「はい」

タチアナと隣あって腰かけ、顔を上げようとしない妹にも座るよう促す。

緊張で気を失いそうなシャロンが最後に席へつくと——王女は静かに王都で起きている奇妙な事件を語り始めた。

＊

——始まりは、今から十日程前のことでした。

指揮している神衛騎士団と共に帝国西部国境へ向かう準備をしていた私に、父である王から突如密命が下ったのです。

『王都にて異変起こりつつあり。今の内に解決出来ねば、大崩壊の再来とならん。汝は万難を排し、これを阻止せよ』

我がエルネスティン家は、その成立の関係から、帝国では排斥された女神教と深い関係にあります。

無論、今まで、その関係が齎したもの全てが綺麗なものではありませんが……しかし、王宮奥に安置されている遥か古の聖遺物より極稀に発せられる託宣は建国以来、外れたことはありません。王ですら無視は出来ないのです。

その為、私は王都に留まり内偵を進めてまいりました。

――はい、そうです。

帝国の【女傑】カサンドラ・ロートリンゲン。

同盟の【傑物】統領エンリコ・ダンドロ。

恐るべき二人が近く王都へやって参ります。

……会談は今より一週間後。内容は私にも知らされておりません。

けれど、御存じの通り私達、三列強は表向きこそこの数十年、刃を交えてはおりませんが、裏ではしばしば争う間柄。

まして、帝国はかの【天騎士】率いる大陸最強兵団である【黒天騎士団】を自らの側へと引き込んでいます。

以前三国間にあった奇妙な均衡は、実質的に崩壊しており、本来であれば、私も国境に立つ必要があります。

……立ったとしても、【天騎士】相手には分が悪いですが。

話を戻します。

内偵の結果、確かに奇妙な出来事が起こりつつあることが分かりました。

毎夜毎夜、人が忽然と消えているのです。

――はい、字義通り『消失』です。

死体どころか、血の一滴、髪の毛の一本ですら残っていません。

対象は様々です。

冒険者、盗賊騎士、傭兵……共通しているのは、彼等は、各々が歴戦の戦士かつ、裏社会の者であり、親族を持っていない、ということです。

――死体は出ていませんが、既に全員死亡したと認定しています。

数は把握されただけで約百名。実際にはそれより間違いなく多いでしょう。

――話が早くて助かります。そうです。

昨日、【不倒】殿に叩きのめされ、その後、忽然と姿を消したアルヴァーン副侯爵の兵達。彼等こそ今回の異変における、初の表社会側の犠牲なのです。

しかも、兵隊は『黒い影』に飲み込まれていた、という目撃証言も得られています。

目的が変わったのか。それとも、他に意図があるのかは不明ですが……この機会を逃すわけにはまいりません。

けれど……相手はこの王都において、昨晩まで目撃者を誰一人出さず、数百名を殺害した怪物。おそらく、私一人では太刀打ち出来ぬ相手でしょう。

どうか、どうかお願いします！

私に御助力願えませんでしょうか。

我が国出身の特階位は皆、軍部の強硬論により帝国東部国境へ動員されていますし、それに準ずる者達は、父や母の警護についており動ける者はおりません。

情けない話なのですが、【不倒】殿と【雷姫】殿の助力を願う他、手がないのです。

――一週間後の三列強首脳会談において、何かあれば大戦争になってしまいます。

その芽を私は事前に摘んでおきたい。

王国は私の祖国であり、王都は守るべき故郷です。

……何より、今更大戦争なんてっ。

『大崩壊』による惨状からここまで回復した世界が傷つくのを、私は見たくありません。

――話は以上です。

御二人の御返答をお聞かせ願います。

『雷光』ラヴェル・アルヴァーン

一分隊を率いさせ、偵察に赴かせた部下の老騎士が戻ったのは、王都に漆黒の帳が下りた頃だった。

屋敷の外に天幕を張らせ、中で鎧を身に着けていた私に対し、先々代からアルヴァーン家に仕えている老人が片膝をつく。

「御館様、ただいま戻りました」

「……いたか」

短く応じ、従兵から槍を受け取る。

代々のアルヴァーン家当主だけが使うことを許される、雷属性を強める魔槍だ。

老騎士が顔を上げ、待望の報せを告げる。

「……はっ！　王都北部貧民街の屋根を行き来する不審な黒外套の影を認めました。接近すれば気付かれる恐れがあった為、御指図通り、王都中央大尖塔より偵察を行いましたところ、確かに」

「……そうか。ダダ公爵の情報通りだな」

私は魔槍を握り締め、兜を被った。

ここ数年、実戦を経験していないこともあって、鎧兜の重さが身に染みるが、意図的に無視する。今朝方、『一角獣亭』で受けた恥辱を思い出せば、何程のことやあらんっ！

忌々しい王女に我が武勲を叩きつけてくれるわ。

公爵の話では、不逞の輩は貴重な魔道具を持っているともいう。献上すれば、娘達の婚姻の話も繋がるやもしれぬ。あの御仁、若い女と貴重な宝珠を頗る好まれる。

ここ数年収集した品の中には、嘘か誠か、【魔神】【女神】【龍神】関連の物もあるとも、自慢されていたしな。

それにしても……愚かなレベッカめっ。

四年前、一度我が計画を水泡に帰しておきながら、協力を申し出ようともせぬとはっ！

『新しき特階位冒険者【雷姫】の名はレベッカ・アルヴァーン』

その報せを聞かされた時は驚愕(きょうがく)したものだが、愚かさは矯正出来ぬものらしい。シャロンを泳がせば、王都へのこのこやって来る、と思っていたし、この一件が済めば奴(やつ)も我が野望——更なる爵位の為、役立ってもらうとしよう。ダダ公爵は殊の外、あの馬鹿な娘に御執心だった。

無論、シャロンも別の大貴族へ嫁がせる。全ては家の為だ。

天幕の外へ進み、準備を整えている部下共を見渡す。

その数、五十数名。

古参や腕の立つ者の多くは長男と次男につけ、西部国境へ送り込んでしまった。

王都で私が使える手勢は、限られている。

だが——私は『雷光』。

数多(あまた)の魔物と、王国に反逆した者を討ってきた。どのような相手であろうと、魔槍の錆(さび)にしてくれんっ！

石突きで地面を突き、部下達へ下令。

「行くぞ。アルヴァーン家の武名を挙げよ！」

『……はっ！』

王都へ兵と共に繰り出すこと暫し。

北部貧民街の外れ、廃墟の如き広場に今宵の目標はいた。

「そこの者！　止まれっ‼」

私は馬上から、ともすれば闇と同化しているようにも見える黒い背に怒鳴りつけ、老騎士へ指揮棒を振るう。此処ならば人目にもつくまい。遠慮は不要。

兵達が即座に駆け男を取り囲み、槍衾を形成した。

私は穂先に雷を纏わせ、黒外套へ名乗る。

「我が名は『雷光』ラヴェル・アルヴァーン！　お前が、昨今王都の治安を乱すものだな？　フードを取り、面を見せよっ‼」

奇妙な男がゆっくりと振り返った。

手には何も持っておらず、魔力も感じない。

……だが、何だ？　この感覚は⁉

若かりし頃、血に飢えし特異種と遭遇した際に感じたような威圧感。

男が唇を歪めた。

「……アルヴァーン？　ああ、確か王国の伯爵位を金で買った、何処その下級貴族の輩か。こんな簡単な『罠』に引っかかるとは――余程頭が鈍いと見える。だが魔力の量は多ければ、多い方が良い。トウヤ様には、『会談までは秘密裏に』と言われているが、事此処に至っては偽装もそこまではいらぬだろう」

後半部分は独白。

冒険者でいえば第二階位に達した私を、全く恐れている様子はない。

魔槍を横薙ぎし、雷を走らせる。

黒外套の脇が大きく抉れ、紫電が広場全体に広がった。部下達の中からは賛嘆の呻き。

――『雷光』健在なりっ！

穂先を突きつけ、叫ぶ。

「貴様っ！　私を愚弄するつもりかっ‼　とっととその顔を見せよっ‼」

「……五月蠅い男だ」

フードに手をやり、黒外套は顔を見せる。

浅黒い肌。頬に刺青のような紋章。想像以上に若い。二十代前半か？

同時に思い至る。王国には殆どいない呪われし民族。

「その顔……【魔神】を信奉していた、と伝わる南方大陸の蛮族か。どうして、栄えある王都にいるっ！」

「……栄える、だと？　嗤わせるな」

冷たい風が吹き、砂埃を巻き上げた。

依然として魔力は感じられない。

兵達へ目配せし、何時でも魔法を放てるよう準備させておく。

黒外套が激しい憎悪を見せ、吐き捨てる。

「此処は呪われた地。我が父と【剣聖】様が一度踏み潰した地。数多の血が流れし地。栄光などない。――……そして」

『！』

奴の影があり得ない程に大きくなり、魔力もまた膨れ上がった。

凄まじい蔑みの視線。

「もうすぐ、また消える。だが、お前は幸運だぞ？　何しろ――」

「撃てっ！！！！」

兵達に命令しながら、私もまた全力で雷魔法を放った。

閃光が走り――遅れて轟音。

黒外套の姿が暴風と白煙に包まれる。

私は油断せず、魔槍の穂先に雷属性上級魔法を紡ぎ、左手を掲げた。

老騎士に指揮される兵達が風属性魔法を次々と放ち、視界を晴らす。

——そして。

『なっ！？！！！』

私達は思わず絶句した。

黒外套の前に立っていたのは、漆黒の長い髪を揺らめかせ、漆黒の剣と長杖を持ち、純白の服を身に纏った少女。

い、いったい、何処から⁉

それに、この魔力……尋常の者ではない。

フードを被り直し、男が嘲笑う。

「お前自身はその光景を見ずに死ねるのだ。さぁ……少しは抗ってみせてくれ、『雷光』殿？　言っておくが、この者は——六英雄最強【賢者】の影は余りにも強い。何しろ、かの【勇者】すら、生涯に亘って勝てなかったそうだ。全力を出すことだ」

「くっ！　貴様っ‼」

私が怒声を発する前に、男の姿は影に消えた。馬鹿なっ！

残された少女の身体が、殊更ゆっくりと浮かび上がっていく。

雲が晴れ、月光が差した。

——美しい。そして、恐ろしい。

本物の、【賢者】……か？

呆気に取られている私達を見下ろし、少女の持つ剣と魔杖に純白の魔力が渦を巻き始めた。普段、冷静沈着な老騎士が悲鳴をあげる。

「お館様っ！　お逃げくださいっ‼　この者は……この者は、我等ではっ‼」

「馬鹿を言うなっ！！！！　我等に負けは——」

最後まで言い切ることは出来ず、少女の瞳が黄金に満ち、私達へ襲い掛かってきた！

第3章

【閃華(せんか)】メル

「お願いします、メルさんっ！　私も王都に連れて行ってくださいっ‼」

帝国帝都。【盟約の桜花(おうか)】クランホームの副長室。

私はサインを走らせた書類を、執務机の上にある既決箱へ放り入れ、額へ手をやりました。夕食後に仕事なんかしたくないのですが、仕事が滞っていては是非もありません。

可愛(かわい)い妹弟子である、タバサ・シキの説得を試みます。専属メイドであるニーナとお揃(そろ)いの寝間着が可愛いですね。

「……タバサ、余り私を困らせないでください。いいですか？　貴女(あなた)は『十大財閥』の一角、シキ家の跡取り娘なんですよ？　それに、私達は遊びで行くんじゃありません。ハル様に怒られてしまいます」

「でもでも……」

「メルは籤を引けなかったから、現地には行けないし、ハルに怒られないけどね～。いいお湯だったわ～」

ノックもなく、長い黒髪の少女が部屋へ入って来ました。大陸極東で着られている浴衣を寝間着代わりに身に着け、頭にタオルを載せています。

――【舞姫】サクラ・ココノエ。

うちのクランを率いる団長であり、大陸でも屈指の剣士です。

そしてここ数年は、『ハル様に会いたいけど、何故か会えない宿痾』を抱えていました。

……なのに。

嗚呼、なのにっ！　どうして、何故、私がっ！　王都行に漏れてっ！！！！

机の上で両手を組み、微笑みます。

「……サクラ……王都派遣組最後の一人を決めた籤の件…………蒸し返すなら、もう喧嘩ですよ？　私は今、自制心が大分欠けています」

「え～メル姉様、こわい～。でも――『ハルに会いたいけど、会えない病』にもう二度と罹りたくないから、喧嘩はしないわ☆　南方大陸から戻って来た時にも会い損ねたし！」

「――……うふ」

私の中で、何かがキレてしまいました。

いいでしょう。そっちがその気なら、私にだって覚悟があります！

ただでさえハル様にお会い出来る機会は少ないのに、これから数年間もお会い出来ない可能性がある？

……あり得ませんっ‼

「あわわわ……」「タバサ御嬢様は此方へ」

あたふたしている妹弟子を抱きかかえ、ハーフエルフのメイドがそそくさと部屋の隅へ後退していくのが視界の外れに入りましたが、燃え猛る私の怒りは収まりません。

その場で立ち上がって。机を飛びこえ――

「はっ！」「甘いっ！」

サクラへ手刀で先制するも、いなされ、反撃の正拳突きが飛んできます。

身体を捻って躱しながら、回し蹴り！

ほぼ同時に相手も回し蹴りを放ち――激突。

室内に魔力が荒れ狂い、クランホーム全体を震わせました。

私は後方へ跳躍し、呪詛を吐きます。

「……フフフ。サクラ、私に触れましたね？　宿痾は貴女にお返ししましたっ！　私はもう自由ですっ‼」

「なっ⁉　ず、ずるいわよっ！　で、でも、大丈夫だもん。今すぐ、触れれば――」

「触れさせると？」

両手を払い、鋼属性特級魔法『虚空鋼楯』を多重発動。

鋼の粒子がキラキラ光り、私を守るように布陣します。

浴衣がはだけたサクラが指を突きつけ、地団駄。

「あ～！　ずるいわよっ！　反則、反則でしょうっ⁉」

「魔法禁止なんて、一言も？」

「こ、この性悪姉弟子ぃっ！」

「この場においては最高の誉め言葉です」

妹弟子で団長な少女と睨み合っていると、今度は丁寧なノックの音。

サクラへ目配せし、浴衣を直させます。

「どうぞ」

声をかけると、入り口の扉が開き、栗色髪で魔法衣を纏った人族の青年と、淡い蒼金髪で、青年と似通った魔法衣を着ているハイエルフの少女が入って来ました。

【戦術家】のロスと【氷獄】のリル。

うちのクランが誇る練達の魔法士達です。

「失礼します。団長、副長、王都における、【女傑】護衛の件で――……あ」

室内の様子を見て取り、困った顔になりました。

同時に、サクラの浴衣姿を見て、ますます困り顔になります。

ロスは……まぁ、そういうことなのです。

弟弟子の袖を摘まみ、リルが淡々と提案しました。

「ロス、後にしましょう。大事な件で取り込み中のようです。私達は少し休憩して、紅茶でも飲みませんか？　……二人で」

タバサが目を瞬かせ、私を見るのが分かりました。ほんの小さく頷きます。

……ロスはモテるんですよね。王都のサシャもぞっこんですし。

当の本人はむくれている団長様しか見ていないんですが。

弟弟子は得心し、口を開きました。

「そのようですね。サクラ、メル、出直します。屋敷を壊すのは勘弁してくださいね？　リル。気遣い感謝します」

「私は優しい姉弟子ですから。……サクラはともかく、サシャには、今の内に差をつけないといけません。序列は大変大事です」

背を向けた少女のこれ見よがしな呟きを、私の耳はしっかりと捉えていました。

……う〜ん。クラン内で修羅場は止めてほしいんですが。

まぁ、帝国法は三人までの妻帯を許可していますし、ロスなら何とかするでしょう。

鈍感だけが玉に瑕の弟弟子は、申し訳なさそうに少女へ話しかけました。

「リル、すいません。後半、聞き取れなかったんですが」

「――独り言です。タバサ、信念があるなら押し通すべき！　と助言しておきます。ニーナ、一緒に王都へ行くなら向こうでもお菓子をお願いします。お金に糸目はつけません」

「！　はいっ！　リルさんっ‼」「畏まりました」

ハイエルフの少女は妹弟子達を焚きつけ、扉を閉めました。

勢いが削がれた私は魔法を消し、宝石のような瞳に決意の光をますます輝かせている妹弟子へ問いかけます。

「……タバサ、今回の任務は現状、帝国の最重要人物である、カサンドラ・ロートリンゲンの護衛です。貴女を連れて行き、万が一戦闘になった際、サクラ達は貴女を守る余裕はないでしょう。……それでも、行きたい、と？」

「はいっ！」

勢いよく答え、少女は胸に手をやり、目を閉じました。

「昨日、夢にお祖母様が出て来られたんです。『タバサ、王都へ行かないとダメよ。ハル様の御役に立って』と。だから、私は王都へ行かないといけませんっ！」

「……カガリが？」「ふ〜ん」

今は亡き妹弟子の名前を出され、私の心が多少揺らぎます。

——王都へ行くのは、サクラ、ロス、リル、そして、【烈槍】ファン・ブランド。

加えてそれぞれの隊に、現地にいるサシャ。

籤で痛恨の敗北を喫した私とトマは帝都居残りとなります。

……タバサ達を行かせるつもりはなかったのですが。

私は控えているメイドに話しかけます。

「ニーナはどう思っているんですか？」

「私はタバサ御嬢様のメイドですので、従うのみです。……それに」

「それに？」

表向きこそ冷静沈着に見える少女は左手を握り、淡々と理由を述べました。

「王国の菓子を学ぶ良い機会ですので」

「…………」「好きよ、ブレないところ♪」

この子もハル様の弟子だと再認識しつつ、ソファーに寝転がっているサクラへジト目。

そこは、口だけでも私の応援をしてほしいところです。

最近では私だけじゃなく、うちのクランに所属している全員が、ニーナの作るお菓子を切望していますし、お店を任せる計画を早めても良いかもしれません。

――けれど、それとこれとは話が別です。

王都で待ち構えている敵は強大。

非戦闘員なこの子達を連れて行くわけには――

『！』

突如、窓が開き――口と舌を持つ魔導書【異界よりの使者】が二人の少女を乗せ、入って来ました。

白の魔女帽子に魔法衣を着た、茶髪を同色のリボンで二束に結っているドワーフの少女――【灰燼】ハナ。

【薔薇の庭園】団長にして、【盟約の桜花】初代団長でもあります。

銀髪銀眼で、三つ編みに銀リボン。眼鏡をかけている小柄な混血魔族の少女は【本喰い】ナティア姉様。

ハル様の教え子の中でも最古参の御一人で、恐るべき魔法使いでもあります。

二人は私達の視線を受けて床に飛び降り、スカートの埃を払いました。

「間に合ったみたいね」「……ハナ、本に乱暴しないでほしい。ああ、跡が」

ナティア姉様が魔導書を撫でられている中、ドワーフの少女はニヤリ。

「メル、私達も王都へ行くわ。構わないわよね？」

「……それは、勿論構いませんが」

「ハナさん！　ナティアさん！　私とニーナも連れて行ってくださいっ！」

即座に談判する相手を変更したタバサが元気よく叫びました。

その間、サクラはもじもじ。

皇宮での戦い後、ハナと話す機会は殆どありませんでしたね。

妹弟子の訴えを受け、ドワーフの少女はあっさりと応じました。

「いいわよ、別に。ナティア？」

「……別に構わない。危なくなったら、本の中に隠せばいいし」

「やったぁ♪　メルさん！」

タバサが期待に満ちた様子で、飛びはねました。

私はハナとナティア姉様へ目配せ。……決定変更は無し、と。

両手を軽く挙げ、許可を出します。

「……分かりました。でも、ハル様がいない時は、ロスの命令をきちんと聞かないと駄目ですよ？　くれぐれも、サクラやファン、ハナ、ナティア姉様の言うことを聞いてはいけ

ません。明日の朝、シキ家へご挨拶に行きましょう」

「は〜い♪　こうしちゃいられませんっ！　早速準備しなきゃ‼　ニーナ‼」

「失礼致します」

妹弟子の少女はメイドの手を摑み、つむじ風のように部屋を飛び出していきました。

魔導書を仕舞われたナティア姉様が、嬉しそうに顔を綻ばせました。

「——カガリにそっくり」

「……はい」

私は応じ、目を細めます。

カガリが夢で言ったのなら、行かせるべきなのでしょう。ハル様とエルミア姉様にもお報せしておかないと。

私が今晩の予定を一つ追加していると、ハナとサクラが向き合いました。

「久しぶりね、弱虫サクラ。この前の、ラヴィーナの時はあんまり話せなかったし？」

「泣き虫ハナ。帝都に出張るなんて、どうしたの？　……わ、私に会いたくなった？」

動揺を必死に抑え込みながら、うちの団長は腕を組み強がります。

——ハナがクランを離れ迷宮都市で新しいクランを立ち上げたのは、自分は勿論、サクラの成長を促す為、と私は理解しています。

当時のサクラは、ハナにべったりでしたし。

ドワーフの少女が帽子を外しました。

「そう思ってもらっていいわ。元相方の顔を見に来たのよ。成長、したみたいね」

「っ！？！！」

思わぬ賛辞を受け、サクラは硬直。

綺麗な濡れ羽色の髪が揺れ、見る見るうちに頬を染めていきます。

――けれど、それを見逃す元団長じゃありません。

ふわり、と浮かび、サクラの頭をぽんぽん、と叩きます。

「あらあらぁ？　どうしたの、サクラ？　頬が真っ赤よ？？」

「う、五月蠅いっ！　べ、別に、そんなんじゃないわよっ‼　バーカ、バーカ。べー、だ。

……………えへへ♪」

ハナの手を躱し、サクラは入り口へと逃走。

小さく舌まで見せた上で――嬉しそうな笑みを零し、出て行きました。

執務机に腰かけたドワーフの少女が苦笑し、労ってくれます。

「相変わらず、子供ね。メル、本当に御苦労様」

「私は副長ですから」

微笑(ほほえ)み返し、頷きます。

——何時か二つのクランを統合出来る日が来ることを祈って！

「ハナも子供。いい加減、ルナと仲直りをすればいい。あの子が、魔法士としての才がなくても【天魔士(てんまし)】になったのは仕方ないことだよ。お師匠じゃなく、私やラヴィーナであってもそうする」

ソファーに座られ、数冊の古書を浮かべ始めたナティア姉様が茶々を入れられました。

対して、大陸第七位の魔法士様は全力で恫喝(どうかつ)。

「……本の中で【灰燼】と【虚月(こげつ)】撃つわよ？」

「なっ！　ひ、非本道的な行為に、私は断固反対する‼」

「はいはい——メル、お師匠から連絡はあった？」

最古参の方に平然と対応する元団長を、内心で称賛しつつ、私は頭を振りました。

「……未(ま)だ何も。レベッカとタチアナは王都に無事到着したみたいです」

「そう」

ハナは短く応じ、空間に様々な文字や地図を並べました。

「出発前に情報を共有しておきましょう。【神剣(しんけん)】【星落(せいらく)】【天騎士(てんきし)】【天魔士】が行けない以上——向こうでお師匠を助けることが出来るのは私達だけなんだから！」

【雷姫】レベッカ・アルヴァーン

「はぁ⁉ あいつが……ラヴェル・アルヴァーンが、王女の言っていた不審人物と交戦した、ですって？？」

翌朝、『一角獣亭』の自室で、シャロンの傷んだ髪をブラシで梳いていた私は、タチアナの言葉に耳を疑った。

早くも王都の冒険者ギルドと内々に話をつけ、情報提供を受ける態勢を整えた敏腕副長様がメモを読みながら、困った顔になる。

「事実みたいです。ただ、某公爵家から冒険者ギルドにも強い圧力がかかっているらしくて……これ以上の情報は得られませんでした。王国も一枚岩じゃないようですね」

「……そう」

こういう所も帝国と同じ、か。

昨晩、私達に頭を下げ、協力を訴えた王女殿下が焦るのも分かるわね。

――結局、申し出を受けたわけだし、油断しないようにしないと。

椅子に座っていた剣士服姿の妹が振り返り、不安そうに私を見つめた。

「あ、姉様、あの……」

額に指をつけ少しだけ押す。昔――御母様がよくしてくれたように。

「シャロン、そんな顔をしないの！　貴女も少しは剣技や魔法の鍛錬をしているんでしょう？　こういう時こそ冷静に、よ」

「は、はいっ！」

妹が嬉しそうに何度も頷く。

やっぱり、この子を年の離れた公爵なんかに嫁がせるわけにはいかない。

ハルが来たら、相談しなきゃ……。

密かに決心を固めていると、タチアナが後ろから両手を回してきた。

「うふふ～♪」

「……何よ、タチアナ。暑いんだけど？」

「お気になさらず～。ちょっと、くっつきたくなっただけなので♪」

「はぁ……」

溜め息を吐き、私はブラシを握り直した。飽きたら、止めてくれるだろう。

――窓硝子を叩く小さな音。

「「？」」

私達の視線が一点に注がれる。

そこにいたのは純白の鳥。

「光っている小鳥さん？」

シャロンが不思議そうに呟いた。少なくとも、普通の生き物には見えない。

私にくっついていたタチアナが離れ、窓を開けた。

小鳥が部屋の中を飛翔。妹の肩に降り立った。

「わっ、わっ！」

タチアナが戻って来て、小鳥に触れ――消えた。

残ったのは折り畳んだメモ紙。

「光属性の小鳥ですね。レベッカさん」

「――王女様からみたいよ」

受け取って素早く目を通し、二人にも示す。

『昨晩、アルヴァーン副侯爵が王都北部にて私達の目標と交戦。兵の半数以上を失い、自身も負傷するも後退に成功した模様です。ただ、私は王宮を抜け出せないので、仔細の聞き込みを御二人にお願い出来ないでしょうか？　問い質す際、私の名前を出しても構いません』

……交戦したのは、事実、と。

不幸の星に愛されていると嘯くタチアナの影響かしら？

私がそんな不埒なことを考えているとは知らない友人が、聞いてくる。

「どうしますか？」

「行くわよ。乗りかかった船だもの。ハルが来る前に面倒事は片付けておきたいし……」

即答し、ブラシを片付ける。

そして、二人へ背を向け、リボンを手に取り心臓へ押し付けた。

「屋敷の内庭にある……御母様のお墓にも行こうと思っていたから」

あの男は、病で逝った母を代々の墓に入れず、庭の片隅に小さな墓を造らせた。

タチアナとシャロンが心配そうに、私の両腕を抱きしめてくる。

「……レベッカさん」「……姉様」

いい友人と妹だ。

昔と違って……今の私は一人じゃない。

「そんな顔しないで。大丈夫よ。……ありがとう」

感謝を口にし、私は後ろ髪をリボンで結った。

——それだけでハルに、私のお師匠様に守られているように感じる。

そこが一番、変わったところかもしれない。

椅子に立てかけておいた双剣を手にし、私は二人を促した。

「さ、行きましょう。『雷光』アルヴァーン副侯爵がいったい何に遭遇して、敗走したのかを聞き出す為にね」

ラヴェルの屋敷を警備する騎士と兵は明らかに怯え、士気が衰えていた。包帯を巻いたままの負傷者も多い。

……正しく敗残の兵。余程酷い敗北を喫したようね。

正門前で警備中の若い騎士が、私達に気付き、ぎょっとする。昨日会った、隊長だ。

「き、貴様等は……」

「特階位冒険者【雷姫】よ」「同じく【不倒】ですぅ～」

『！』

面倒なのでとっとと名乗ると、兵達のざわつきが大きくなり、激しく動揺。

メモ紙の紋章を見せ、駄目を押す。

「シルフィ・エルネスティン王女殿下の使者として、やって来たわ。副侯爵に会わせてもらえるかしら？」

「そ、それは……」

若い騎士がしどろもどろになり、助けを求めるように後方を見た。

するとと、正門が少し開き――

「畏まりました、レベッカ御嬢様」

白髪の老騎士が姿を現した。私は懐かしさと共に、名前を口にする。

「……ディノ爺」

「私が案内仕ります。――貴様等は警備を続けよ」

『は、はっ！』

半世紀に亘り、アルヴァーン副侯爵家に仕えている老騎士、ディノ・ザナは鋭く部下達へ下令。私達を先導していく。

無駄に広く、彫像の多い屋敷へと続く石畳の路を進みながら、記憶よりも小さくなったディノの背に話しかける。

「……元気そうね」

「老骨唯一の取り柄でございますれば。レベッカ御嬢様も御立派になって……アリス様が生きておいでしたら、どれ程お喜びになったか」

「……そうかしら」

「はい。間違いございません」

病床に伏されていた御母様の言葉が脳裏に蘇る。

『レベッカ、幸せになってね。シャロンと仲良くね』

幸せかどうかは分からないけど、間違いなく——今の私は幸運だ。

私の右隣を歩きながら、周囲への警戒を怠らないタチアナが老騎士に質問を投げかけた。

「ディノさん、教えてください。貴方は昨晩の戦闘に参加されましたか？」

「……はい。ですが、あれはとても戦いと呼べるものでは……」

顔を歪ませ、ディノは怜悧に自分を評する。

「この老人、奴隷として先々代に買われ半世紀。齢七十を超え、百近くの戦場を生き延びましたが……昨晩を生き残れたのは多分に運と、敵手が我等を見逃した為でございます。二度はありますまい」

「「…………」」

ディノは冒険者基準でいけば第三階位。

十分に一流と言ってよく、死戦場を幾つも越えてきた。

その老騎士がここまで言う相手。一筋縄じゃいかなそうね。

——案内されたのは、私が知らない建物だった。

シャロンが「御父様が二年前に建てられた別邸です。その、女の方と……」と、小さく教えてくれる。

貴族とはそういう生き物なのだろう。絶対に納得はしないけれど。

老騎士が派手な扉を開いた。

「御館様は奥でお待ちです。私は此処(ここ)まででございます」

目礼して、震えている妹を背後へ回し、タチアナと一緒に中へ。

床には赤絨毯(じゅうたん)。窓硝子も全てステンドグラス。描かれているのは、ラヴェルの武勲譚(たん)のようだ。加えて、飾られているのは大理石で造られた自身の彫像や絵画。

……趣味が悪過ぎる。

少し進んだところで、ディノが叫んだ。

「レベッカ御嬢様！　私のような者が述べる資格は、元よりありませんが……どうか、どうか、どうかっ！　アルヴァーンの家に縛られず、大きな世界で生きられますよう。アリス様もそれをお望みと推察致します」

この家に、良い思い出なんか殆どない。

それでも……ディノや老兵達は母と私の味方だった。

立ち止まり、言葉を振り絞る。

「……ありがとう、ディノ。長生きしてね」

御母様に長く仕えてくれた老騎士に、振り向かないまま御礼を言い、私は赤絨毯を踏みしめ、先へ。

やがて、硝子張りの一室が見えてきた。

黄金がふんだんに使われている重厚な扉を開けると、部屋の中心で佇む男が振り返った。

「……来たか。愚かな娘がっ」

「来るつもりなんかなかったわよ。随分と苦戦したみたいね？」

ラヴェルの頭と両腕には血が滲んだ包帯が巻かれている。治癒魔法をかけても、治り切らない傷のようだ。自慢の魔槍も見当たらない。

苦虫を噛み潰したような顔で威圧。

「ふんっ。……シャロンっ！　どうして、父に何も言わず、『一角獣亭』へ走ったっ！

貴様も私の期待を裏切るのかっ‼　ダダ公爵との婚姻をどうするのだっ！！！！」

「っ！　お、御父様……わ、私、私は……」

震えあがり、私の服の裾を皺がつく程握り締めた妹が顔を伏せた。

私は肩を竦め、揶揄する。

「自分の娘をいきなり恫喝してんじゃないわよ。王女殿下に無断で、兵を動かして惨敗した時点で、アルヴァーン副侯爵家も没落待ったなしなんだけど？」

「黙れっ！　貴様も少しは私の役に立てっ‼　おお、そうだ。シャロンに代わり、ダダ公爵家へ嫁げば、今までのことは不問に、っ！？！！」

ラヴェルが立つ床の左脇が大きく切り裂かれた。

――【名も無き見えざる勇士の楯】。

「タチアナ」「謝りません」

呆然としているラヴェルに左手を突き出しながら、美少女は厳しい顔。本気で怒ってくれているのだ。

……御母様、私にも親友と呼べる子が出来たんです。

右手に雷魔法を紡ぎ、ラヴェルへ提案。

「今更、あんたが変わるとは思っていないわ。でも――質問には答えてもらう。昨晩、戦った相手について詳細を話しなさい。それで、全部お仕舞い。私は二度とっ！　あんたや、あんたの息子達と会わないし、関わらない。シャロンも引き取るわ」

「……何だと？」「あ、姉様っ⁉」

ラヴェルが片眉を動かし、シャロンが驚き、瞳に涙を溜める。

暫くの沈黙の後――

「……いいだろう。だがっ！」

ラヴェルは腰の騎士剣を抜き放った。

宝珠からして、かなりの業物のようだ。

「教えてほしくば、私に勝って聞くがいいっ！　……貴様が特階位冒険者。雷龍を単独で討伐した【雷姫】だと？　はっ！　冗談も休み休み言うがいいっ‼　一族の内で、最も才無く、容姿のみが取り柄だった貴様が、私に敵うわけがないのだっ！！！！」

「………………憐れね。どうしようもなく」

私は深く嘆息し、瞑目した。

……ハル、教えてもらった力、少しだけ使うのを許してね？

目を開き、ラヴェルを鋭く睨む。

「外に出ましょう、『雷光』様？　私の四年間――少しだけ見せてあげる」

＊

屋敷(やしき)の内庭へ出て、有翼獅子(しし)の彫像が設置された噴水前でラヴェルと相対する。

荒れてはいないが、花や樹々(きぎ)に生気がない。ラヴェルは興味がないのだろう。

私は騎士剣を無造作に構えている男を揶揄。

「御自慢の槍(やり)を使わなくていいの？」

「貴様程度、剣で十分っ！……何なら徒手でも構わぬが？　とっとと、その腰の御大層な魔剣を抜くがいいっ！！！！」

耳が痺(しび)れるくらいの怒号。シャロンが身を竦ませるのが分かった。

……こういう男の言う台詞(せりふ)は何処(どこ)の国でも一緒ね。

双剣を抜かないまま、手をひらひら。

「はいはい。そういうの聞き飽きたわ。タチアナ？」

「了解です～レベッカさん♪」

自分とシャロンの周辺に【楯】を張り巡らせていた美少女が元気よく手を挙げ、私達の間に進み出た。

祈るかのように両手を組んでいる妹と違い、余裕綽々な様子で宣告。

「不肖──【不倒】のタチアナ・ウェインライト、決闘の審判を務めさせていただきます。よろしいですね？」

「ええ」「……構わぬ」

私とラヴェルが同時に応じる。

チリチリとした独特の緊迫感が満ち、

「──始め」

タチアナが左手を勢いよく振り下ろした。

同時にラヴェルは地面を思いっきり蹴り、私へ向かって突進。

「行くぞっ、小娘っ！　我が雷の魔法剣、目に焼き付けるがいいっ‼」

剣身の色が変わっていき、紫電を帯びる。

裂帛の気合を叩きつけながらの、容赦のない上段斬り。

「…………」

対して、私は身体強化魔法だけ発動させ、あっさりと回避。

第二、第三撃が迫ってくるが、兄弟子や姉弟子、タチアナに比べれば、児戯に等しい。

……この動きと魔法剣の精度。これって。

「っ！　逃げてばかりでは勝てぬぞっ！」

この男は、仮にも冒険者基準で第二階位だった筈。

身のこなしだけで実力差は把握している筈だけど……ラヴェルは攻撃の手を緩めない。

ただ……当初こそ闘志に呼応し、猛っていた剣の雷の精緻さが少しずつ失われ、ラヴェル自身の息も荒くなっていく。都度、騎士剣の柄と鎧に嵌め込まれた宝珠が瞬き、補助魔法をかけ直すも、本人の体力が削れている為、あまり意味はない。

――間違いない。

この男、四年前よりも弱くなっている。理由は鍛錬不足。

地位を得た結果、自身は実戦から遠ざかり、殆どを部下任せ。

王国基準では強力な魔槍や魔剣、魔道具を容易に入手出来るようになったことも、実力低下に拍車をかけたのだろう。

……私だって、ハルと出会わなかったら、こうなっていたかもしれない。

自戒しつつ、騎士剣の荒々しい突きをいなし、ラヴェルの後方へと回り込む。

「甘いっ！」

騎士剣を地面に突き刺し、無理矢理方向転換したラヴェルが腰の短剣を抜き放ち、大きく横に薙いだ。

巨大な雷の波が狙い違わず私に迫るも――

「効かないわ」

私は左手を突き出し、真正面から受け止める。

雷属性中級魔法を霧散させ、粉砕。

視界の外れで、タチアナにしがみついているシャロンの唇が『凄い……』と動いた。

騎士剣を引き抜いたラヴェルが、激しく狼狽する。

「⁉ ば、馬鹿なっ……私の雷を剣も抜かず、手で砕いただとっ！ あり得ぬっ‼」

かつて、この男の魔法剣と雷は、私にとって決して届かないと思わせる……王都を出た後も、強迫観念が抜けない程、強大なものだった。

――その男を今、私は剣も抜かずに圧倒している。

ハルには二年前、この光景が見えていたのかもしれない。

私のお師匠様の眼は、誰よりも確かなのだ。

目を細め、冷たく言い放つ。

「もう終わり？」

「っ……舐めるなぁぁぁ！！！！」

額に青筋を浮かべ、ラヴェルは騎士剣を両手持ちにし、大上段に構えた。

雷が内庭全体を走り、屋敷の窓硝子が次々と割れ、壁に亀裂が走っていく。

身に着けていた宝珠が次々と明滅し、魔力が剣の切っ先に集束。

七つの雷柱を形成していく。

「へぇ～」「あ、あれは、御父様の！」

タチアナが興味深そうに口元を押さえ、シャロンが慄く。

――雷属性特級魔法『雷光』。

アルヴァーン家の秘呪であり、数多の敵将、魔物を葬ってきた字義通りの切り札だ。

本来、第二階位では制御困難な魔法だけど、宝珠が制御を補佐している。

昔の私じゃ、この事実も分からなかったわね。

「貴様っ！　貴様が……アルヴァーンの恥さらしであり、雷をまるで扱えなかった貴様が、私を、この『雷光』を侮るなっ‼」

自嘲していると、ラヴェルの怒気が強まった。自分が嗤われた、とでも思ったのだろう。

空間全体を震わす、絶叫。

「貴様が本当に特階位だと、【雷姫】だと言うならばっ！！！！我が必殺の雷、逃げずに受けて見よっ！！！！」

「……一々、御託が五月蠅いわね」

私は雷龍の剣をゆっくりと抜き放つ。

同時に魔法剣を発動させ、

「っ⁉」

剣身そのものを雷で拡大。顔を引き攣らせたラヴェルを煽る。

「撃つなら、とっとと撃ってきなさい。後悔しないよう、全力でね」

ラヴェルの血走った瞳が広がり、歯軋りの音。

「こ、小娘がぁっ。望み通り、消し炭にしてくれるわっ！！！！！」

騎士剣を振り下ろし、ラヴェルは雷を解放。

「あ、姉様っ！」

シャロンが悲鳴を上げると同時に、七つの巨大な雷柱が生まれ、一斉に私へ襲い掛かってきた。射線上にあった彫像が砕け、余波で噴水の池が破損。地面も捲れ上がっていく。

南方大陸でハルから教えてもらったことを思い出し——私は剣を振るった。

一気に剣身の雷が形を変え、

「⁉」「あら？」「！　け、剣が楯に変化、した？」

雷柱を七つの雷楯が悉く弾き、あっさりと抑え込む。

タチアナが小首を傾げ、シャロンは呆然。

一歩、二歩と後退したラヴェルが、騎士剣と口髭を震わせる。

「あ、あり得ぬ。き、貴様が……アルヴァーンでありながら、雷の才無き者が、魔法剣の形態変化を習得している、だと⁉　そのような……そのようなこと、あって良い訳がっ」

「——現実逃避していると、死ぬわよ？」

「っ⁉」

私は混乱している男の周囲に、数百の雷球を布陣。一斉に襲撃を開始させた。

「き、貴様っ！　貴様ぁぁぁっ‼」

必死の形相でラヴェルは騎士剣を振るい、魔法障壁を張りめぐらす。

騎士剣と鎧に嵌め込まれた宝珠が軋み、悲鳴と共に次々と砕け、その都度障壁が薄くなり——遂に突破。

「ぐうっ！」

無様に地面を転がり雷球を回避したラヴェルが、苦しそうに荒い息を吐きながら立ち上がった。

――私は身体に雷を纏い【雷神化】。

地面スレスレを駆け、一瞬で間合いを詰めて冷徹に論評する。

「……魔法だけに気を取られ過ぎよ」

「！　な、舐めるなっ、小娘っ‼」

魔法剣を無理矢理再発動させ、ラヴェルは私へ斬撃を浴びせ、

「なっ…………⁉」

私の魔法剣に断ち切られ、絶句。

バチバチ、と音を立てながら、剣身が地面に突き刺さる。

私は壊れた彫像の上に跳び、ラヴェルを見下ろして断罪する。

「……あんた、この四年碌に剣を握っていなかったでしょう？　魔法剣の精度は雑。御自慢の雷魔法も温過ぎるわ。王国の武門アルヴァーン家当主がこの様？　今のあんたは、私が王都を出る前よりも弱いわ。間違いなくね」

「…………」

折れた騎士剣を握りしめ、ラヴェルが私を殺さんとばかりに睨んでくる。

血筋上は父親。

でも……殆ど何も感じない。あれ程持っていた憎しみすらも。

嗚呼、ハルに会いたいな。

会って、話を——微かに、誰よりも私に力を与えてくれる人の魔力を感じた。

……そういうこと、ね。

瞑目し、左手で光龍の剣を抜き放ち、交差させる。

「私の魔法剣は今、見せたから——」

「な、何を……っ⁉」

狼狽えているラヴェルの言葉は最後まで形にならなかった。

庭だけでなく、広い屋敷全体を膨大な魔力が覆い、稲光が駆けまわる中、傲然と宣告。

「次は雷魔法を見せてあげる。まさか——逃げないわよね？　アルヴァーンの面汚し、と蔑んだ娘の雷から」

「〜〜〜っ。ま、待てっ！　待って、くれっ‼　わ、私の、負け——……」

「——【雷轟】」

双剣を一気に滑らせ、雷属性超級魔法を容赦なく発動！

大閃光が走る中、ラヴェルは恐怖で顔を引き攣らせ、タチアナは微笑み、シャロンは両手で目を覆う。

――直後、眩い光彩を煌めかせ、巨大な七つの花弁が顕現。

私の【雷轟】を乱反射させ、相殺してゆく。

それでも一部が漏れ、屋敷の屋根を抉り――やがて、空に消えた。

「おっと。少しばかり逸らしそこねた」

ふわり、と地面に降り立ったのは、黒髪眼鏡で魔法衣を纏い、手には七属性宝珠が輝く魔杖を持つ青年だった。

平然と超級魔法を相殺して見せた青年は私に向き直り、肩を竦めた。

「レベッカ、再会の挨拶にしては少し派手なんじゃないかな？」

「最近、無理無茶しがちな何処かの育成者さんへの抗議も兼ねているのよ――ハル。途中からずっと見学していたでしょう？」

私は双剣を鞘へと納め、出来る限り自然に見えるよう注意しながら青年へ近づき、両腰に手をやって詰る。

……ハルが来てくれた瞬間、自分が思っていた以上に張りつめていたことに気づかされてしまい、恥ずかしいのだ。タチアナはともかく、シャロンもいるし。

そんな私にハルは、眼鏡の位置を直しながら普段通りの口調で答えてくれる。

「おや？　バレてたかな？」

「バレバレよ。アザミは？」

魔力を探るも、植物を操る年下の姉弟子の気配はない。一緒に世界樹へ行っていたのに。

ハルがタチアナに軽く左手を振りつつ、教えてくれる。

「あの子には、またちょっと面倒な仕事をね。王都には来ているよ」

「ふ〜ん」

「ハルさ〜ん♪　レベッカさんばっかり甘やかさないで、私達にもお願いします〜☆」

「甘やかっ……タチアナ、シャロンの前で変な言葉を使わないでくれる？」

「え〜♪」「え、えっと……」

楽し気な美少女剣士に対し、妹は困惑し、視線を彷徨わせている。まったく。

「…………」

その間、状況に唖然としていたラヴェルが、少しずつ後退している。屋敷内の騎士や兵士達を呼ぶつもりなのだ。

ハルが軽い口調で釘を刺す。

「ああ——逃げても良いけど、情報を置いていっておくれ。じゃないと、レベッカがわざわざ勝負した意味がない」

ラヴェルの動きが止まり、折れた騎士剣が手から滑り落ちる。

恐怖を瞳に宿し、悲鳴。

「……き、貴様、いったい……いったい、何者なのだっ！」

「「…………」」

私とタチアナは目を見合わせ、嘆息。

……聞いちゃうのよね。

案の上、ハルがほくそ笑み、道化じみた動作で外套を片手で払った。

「ふふふ。よくぞ、よくぞ聞いてくれたね！　僕の名前は——」

「この人の名前はハル。帝国辺境都市ユキハナで【育成者】を自称している、私のお師匠様よ。……見ての通り、私よりもずっと強いわ」

「超級魔法を余裕で真正面から弾くくらいですからね～」

「なっ⁉」

ラヴェルは絶句。

完全に硬直し、両膝を地面につけ、頭を抱え込んだ。

私とタチアナが自分達の仕事に満足していると、ハルがわざとらしく落ち込んだ。

「……レベッカ、タチアナ、酷いよ。そっちの子。二人をお説教してくれないかな？」

シャロンの背筋が伸び、おどおどした様子で私達を見た。

「！　は、はいっ‼　……え、えっと、あの……」

「ハル、私の妹を会って早々誑かさないで、シャロンも気を付けないと駄目よ？」

「誑かす？？」

「教え子の言葉は、何時何時だって僕の繊細な心を貫くんだ……」

妹が目を瞬かせ、ハルは寂しげに呟いた。

直後、魔杖が光を放ち――

「ママ♪」

レーベが私に抱き着いてきた。

シャロンの瞬きが増し「……つ、杖が幼女に？　ママ？？　あ、姉様の娘さん？？？」

と零した。後で説明しておかないと。

私は両膝をついたままのラヴェルを見下ろし、要求する。

「……昨晩あった事、洗いざらい全部話してもらうわよ。シャロンも私が引き取るわ。御母様の御墓の権利も渡してもらう。構わないわよね？『雷光』ラヴェル・アルヴァーン副侯爵閣下？」

＊

「思ったよりも、綺麗ね……」

広い屋敷の片隅で、樹木の枝の下にひっそりと佇む私の御母様――アリス・アルヴァーンの小さな墓は、きちんと掃除されていた。

てっきり、もっと荒れ果てていると思ったんだけど……。

私の戸惑いを察し、妹が口を開く。

「えと……ディノ達と一緒に、時々お掃除を……」

「嗚呼――……シャロン。貴女って子は！」

思わず小さな妹を抱きしめる。ラヴェルが良い顔をするわけがないのに。

レーベと手を繋いでいるタチアナがニコニコしているけど、無視。

頭を撫で、心からの感謝を口に出す。

「ありがとう。本当にありがとう」

「……アリス御母様は、私の御母様でもありますから。私には、これくらいしか出来ませんでした……」

シャロンは私の腕の中で儚げに微笑んだ。

そして、意を決した様子で顔を上げる。

「姉様！　……御手紙を送ってしまって、本当に、本当に……」

「いいのよ。もう、いいの。本当に大丈夫だから。ね？」

最後まで言わせず、額を合わせる。

——この子は私が守っていこう。きっと、御母様もそう言われる。

私はシャロンの後ろに回り込み、周囲を興味深そうに観察中のお師匠様へ話を振った。

「だって、私達には世界で一番頼りになるお師匠様がついてるんだからっ！　そうよね？　ハル？？」

すると、目を細め考え込んでいた青年は振り返り、頷いた。

「——ああ、そうだね。レベッカの妹さんなら、僕にとっても大事な子だ。それにしても此処（ここ）は、精霊がとても多いね。少し魔法を使ってもいいかい？　このままだと、御墓が保てないかもしれない」

「精霊が？　お願い出来る？」

「勿論（もちろん）」

そう言うとハルは両手を広げ、未知の光魔法を使用した。

ざわざわ、と植物の枝が揺れ、光が降り注ぐ。

とても神秘的な光景……。

光に手を伸ばしているレーベを抱き上げ、タチアナが質問した。

「ハルさん、この御墓、どうやって守りましょう？　副侯爵が逆恨みするかもしれませんが、動かすのは躊躇（ためら）われますし……結界を張っておきますか？　ハナの戦略結界の巻物ならあります♪」

「レーベ、がんばるー♪」

友人と娘の気持ちが嬉（うれ）しい。とても嬉しい。

ハルは水筒を取り出しつつ、応じた。

「そうだねぇ……一先（ひとま）ず、アザミ」

「――！」

彼が名前を呼んだ途端、植物の枝が動き、母の墓を中心に樹木が円形に出現。地面が色とりどりの花に覆われる。

アザミの植物魔法！

あの姉弟子にも、後でお礼を言っておかないと。

「後は、これを、と……」

黒髪眼鏡の青年は墓の前にしゃがみ込み、何かを植えて土を戻し、水魔法を発動させた。

先程降り注いだ光がますます勢いを増し、輝きを増していく。

立ち上がり、ハルは普段通り穏やかな表情。

「こうしておこう。これなら龍でも入れない」

「……ええ」「は～い♪」

私とシャロンは『そこまでする？』という疑問を込め、タチアナとレーベはのほほんと返事をした。

そう思いつつ、私はお墓の前に進み、片膝をついて目を閉じた。

――母に今までのことを報告する。

放浪して辺境都市に流れ着いたこと。

そこで、エルミア、ロイドさんとカーラ、ジゼルに出会ったこと。

自分なりに努力を重ね、冒険者になったこと。

でも、成長に限界を感じ……薄目で、ハルを見る。

世界で一番優しくて強い【育成者】に出会い、今日まで歩み続け、特階位になったこと。

そして――今は彼の【剣】となるべく、頑張っていること。

私は目を開け、立ち上がった。

お墓に花と水を供え、黒髪の青年は汚れを取ってくれている。

隠れていた名前が露わになる。

――アリス・×××フィールド。

姓の一部はラヴェルによって削られて、消えてしまっている。

そう言えば、私も母の生家を知らない。教えてもくれなかった。

強い風が吹き荒れ、花が舞い散る中――青年は目を細め「……そうか、君の血は……エーテルフィールドの血は続いていたのか。道理で、レベッカとシャロンは……運命だね……」、何事かを小さく呟いた。

その背中に感じられたのは強い寂寥と驚き。

私は敢えて、何も聞かず――

「ハル、そう言えばさっき何を植えたの？」

全然違うことを尋ねた。必要なら、この人は何時か話してくれる。

青年は振り返り、淡々と教えてくれた。

「【龍神】に託された世界樹の種子だよ。精霊達も凄く喜んでいるし、根付くと思う」

「えっ⁉」

シャロンが今日何度目になるか分からない絶句。

普通の人であれば、天に聳える【世界樹】は御伽噺の中でしか知らない代物だ。

その種子ともなれば……。

「そう」「根付くと良いですね～」「マスター、もっと、お水あげる？」

けれど、良くも悪くも慣れてしまっている私達はあっさりと納得。

ハルがするなら――きっと理由がある。

青年が幼女の髪についた花弁を取り、頭を撫でた。

「レーベは優しいね。でも、大丈夫だよ。ありがとう」「♪」

気持ち良さそうに目を細め、幼女が歌い始める。

光が舞い踊る中、ハルが眼鏡の位置を直した。

「さて——今の内に確認も含め状況を共有しておこう。レベッカ、タチアナ?」

私達も『特階位』としての意識に戻し、報告。

「帝都で決めたように、カサンドラの護衛は【盟約の桜花】、私とタチアナが務めるわ」

「ハナからも連絡が来ました。ナティアさんも護衛に参加してくださるそうです。残留は、メルさんとトマさん。サシャさんという方も後詰めだそうです。……あと」

「同盟の海都へ出向いているエルミアの連絡はまだだ。タチアナ、例の件だけど、上手くいくよ、きっとね」

「ハルさん……はい」

口籠もった美少女をハルが励ます。……む。

ハルとタチアナの間には確かな信頼関係がある。

私とハルも、傍目にはこう見えているといいな——はっ!

妹の興味深そうな視線を振り払い、私は報告を再開。

「こっちに来て早々——【十傑】の一角、【光弓】シルフィ・エルネスティン王女から接触を受けたわ。私達の動きについては、ラヴェルから情報を得ていたみたい」

タチアナが後を引き取る。

「要件は——『夜な夜な王都に現れ、闇の住人を攫っている者の排除』。エルネスティン王家は【女神】の遺物を有していて、不吉な託宣を受けたそうです」

「あり得る話だね。副侯爵が遭遇し、兵の大半と、山程の宝珠を犠牲にすることで撤退に成功した相手は――」

ハルがやや厳しい顔になり、先程聞き出した昨晩の戦闘内容を纏める。

「影を操る例の黒外套。そして、付き従っていたのは……黒髪で、細剣と長杖を持つ少女。前者は【全知】の遺児を名乗る者の一人。後者は遺児が使役した者。裏世界の強者を襲い、回収しているところを見ると、魔力を集めて碌でもないことを企てているんだろう。敢えて追わなかったのは、魔力自体は集め終わったからか……それとも、誘い出す為の罠か」

「狙いは」「三列強首脳会談、ですね？」

【剣聖】だけでも手に余るのに、黒外套まで……厄介ね。

話についていけず「……あぅあぅ」と目を回している妹を後ろから抱き寄せる。

黒髪眼鏡の青年が教えてくれる。

「【光弓】の話も少し考えてみよう。エルネスティンは『大崩壊』前から続く古い家だ。【薔薇の庭園】にいたソニヤの生家、ユースティンとは遠戚に当たるね。【女神】との関係も深い。託宣があったのは真実だと思う。ただ……」

「「ただ？」」

私とタチアナの声が揃った。

ソニヤの件も気になるけど、今は後回しね。

ハルが妹へ問いを発した。

「シャロン、君が嫁がされそうになっていた公爵は『ダダ』であっているかな？」

「は、はい。間違いありません」

「……ふむ」

青年は腕を組み、沈黙。清浄な風が吹き、花弁が舞う。

暫くして、重々しくハルが口を開いた。

「帝都に戻って来てすぐ、アザミに王都全体を探らせてみたんだ。その中には、ダダ公爵家の屋敷も入っていたけれど、人の気配は全くなかった。そして──レベッカ、改めて確認しておくよ。【光弓】は『遺物の託宣』と言っていたんだね？　女神教からではなく」

「ええ、間違いないわ」

「………………そうか」

黒髪を掻き乱し、ハルが眼鏡を外した。

普段見せない横顔に胸が勝手に高鳴ってしまう。

「――今から話すのはあくまでも現時点での推測だ。真実かどうかを探るには時間が足りない。アザミ、危険が伴うから調べないでいい。最初のお願いが優先だ」

ざわついた植物の枝に念を押し、青年は右手を振った。

「まず一つ――ダダ公爵家の主だった面々は既に死んでいると思われる」

「「えっ？」」

シャロンの嫁ぎ先だった公爵が……死んでいる？

私達はまじまじとハルを見つめた。いったい、どういうこと？？

「ダダ公爵が好色だったのは間違いない。サシャにも調べてもらったからね。副侯爵に話を持ち掛けたのも、また真実なのだろう。……でも、今の時期に婚姻は急ぐ話じゃない。歴史的な三列強首脳会談は慶事と無理矢理捉えても、王国上層部の一部は女神教、同盟と組んで、ルゼの暗殺を画策していたんだよ？　副侯爵は知らなくても、公爵ともなれば知っていて然るべきだ。対処すべきは彼女だろう？」

確かに……そうだ。

【四剣四槍】ルゼ・ルーミリア。

ただでさえ、英傑だったのに、ハルによって助けられ、今や人の域を超えて半神に片足を突っ込んでいる。

そんな子に暗殺の件はバレており、これから凄まじい取り立てが行われる予定なのだ。

王国において、貴族間の婚姻は半ば義務。

けれど、国家そのものに大問題が起きている時、話を進めるのは『分別無し』とされ、後々大問題となる。王国は体面をとにかく気にする。

ハルがもう一本指を立てた。

「二つ――今までの『託宣』は、同時に女神教からもエルネスティン王家へ齎された筈だ。けれど、その話が一切出てこない。……変だ。女神教上層部も既に死んでいるか、傀儡になっているものと思われる」

「……傀儡？　いったい、誰が……まさか」

私は息を呑む。そこまでして、世界に復讐を？

ハルが眼鏡をかけ直した。

「【剣聖】三日月冬夜だね。黒外套を操っているのも彼だろう」

「――……」「え、えーっと……」

私とタチアナは黙り込み、妹は視線を彷徨わせる。宿に帰ったら、全部話さないと。

今晩の予定を決めていると、ハルが妹を真剣な口調で呼んだ。

「シャロン」

「は、はい……」

不安そうにスカートを摑んだ妹が答える。

途端にシャロンを励ますように不思議な光が舞い、レーベも袖を摘まんだ。

……これって、精霊の光？

ハルが妹へ視線を合わせ、忠告。

「君は事が終わるまで、僕達から絶対に離れちゃ駄目だ。奴等が必要な魔力を集め終えたのなら――最後の狙いはおそらく君だと思う」

「そんな……わ、私なんか………」

突然の宣告に困惑し、シャロンはおろおろ。

どんな人間だって、自分が『恐ろしい相手に狙われている』と言われれば、困惑して思考も出来なくなる。まして、シャロン自身にその自覚は皆無なのだ。

私とタチアナは妹を抱きしめ、背中を撫でる。

「……ハル。説明して」「ハルさん」

今まで、黒外套達は、《魔神の欠片》や《女神の遺灰》を回収していた。

なのに……どうして、シャロンを？

ハルが額に手をやり、嘆息した。

「『精霊に愛される者』——人の中には極々稀にそういう子が生まれるんだ。血統で継がれるものじゃないのだけれど、アリスさんのお墓を守っていた為かもしれないね。レベッカ、君のお母さんは精霊にとても愛されていたみたいだ。……かつて、僕が一緒に旅をした子と同じように。僕達は【魔神】を封印する為、タバサへ《女神の涙》研磨を頼み、ラヴィーナ達へ具体的な方法の構築を託している。でも、シャロンを媒介として使えば、その数分の一の効果を発揮する可能性が高い。……勿論、外道な方法だ。決して許すわけにはいかない」

「御母様とシャロンが……？」

「姉様……私………どうすれば……」

妹は自分の意思の外で行われている事件を示され、大粒の涙を零す。

ハンカチで目元を拭い、頭を撫でる——幼い頃、眠れないこの子へそうしたように。

黒髪眼鏡の青年が私とタチアナと視線を合わせた。

「黒外套の件は【光弓】と話して、詳細を詰めよう。レベッカ、タチアナ、彼女の人となりを教えてくれるかい？」

＊

シルフィ・エルネスティンが、王宮を抜け出して姿を見せたのは、ハルが私達と合流して数日後——三列強首脳会談前日の夜だった。

王都東部にある聖堂の屋根上で石壁に拳を当て、沈痛な面持ちで王女は項垂（うなだ）れた。

「ダダ公爵が資金に困窮し、不穏な動きを見せていることは、私も耳にしていました。……ですが、まさか、『大崩壊』を引き起こした【剣聖】に取り込まれているとは、俄（にわか）には信じかねます」

公爵家は王国の柱石。

その存在が、富を得る為に王国を裏切ろうとしていたという驚き……衝撃を受けるのは自然な反応だ。

シルフィは顔を上げ、私とタチアナ、そして、ハルを見た。シャロンは『一角獣亭』で、

【盟約の桜花】王都組指揮官サシャに護衛され留守番をしている。

——私達は今宵、ダダ公爵邸へ踏み込む予定なのだ。

「ですが、エルネスティンの娘として、貴方様の御言葉を否定する程、私は愚かでもありません。……レベッカが、ここ数年で勇名を馳せた理由もこれで全て合点がいきました。貴方が手を引かれていたのですね？」

ハルが少し驚き、目を細めた。

「……少しは僕の名前を聞いているみたいだね」

「はい。祖父から。王家初代はアーサー・ロートリンゲンと共に、貴方様に大変お世話になった、と」

「昔の話だよ」

私のお師匠様は、帝国だけじゃなく、王国建国にも深く関与していたようだ。

この分だと、同盟もそうなのかもしれないわね。

シルフィが片膝をついた。

「……ただ、父が同盟、女神教と共に、南方大陸の騒乱に関与していたのは知りませんでした。『黒の旅人』様、如何様にも罰をお与えください」

「ハルでいいよ。エルネスティンと交渉するのは、怖い怖い南の女王陛下さ。後で精々苦労しておくれ。ただし――誠実にね。じゃないと。王都に攻め上られてしまうよ？　因みに僕は止める気がない。下手に手出しすると拘束されそうだ」

「……御忠告、胸に刻みます」

ルゼとの交渉、か。私だったら、御免被りたいわね。

剣の鞘に触れ、黒髪の青年へ確認。

「で――ハル？　どうするの？？　何かもう、公爵家の屋敷の中で激しくやり合っているみたいだけど」

「例の黒外套さんのようですね……。でも」

タチアナが言葉を止め、まるで、要塞のような屋敷を見下ろした。

――一人じゃなく複数。

しかも、次々と魔力が消失していく。

アザミが張り巡らせた結界を破る程の激しさ。同士討ちをしているの？

ハルが魔杖を振り、私達へ七属性の補助魔法を多重発動させた。

「踏み込もう。【光弓】殿は残って――」

「先陣は私が。シルフィ、とお呼びください、ハル様」

王女は胸甲を叩き、申し出た。

光の魔力が煌めき、高い戦意を告げる。

私のお師匠様は困り顔。

「……騎士達と共に屋敷を監視してもらうだけで良いんだよ？　王女が仮にも公爵家の屋敷へ突入するのは、少し不味い話だ」

「事此処に至っては、大貴族の顔色を窺っている余裕はありません。面倒な話は、首脳会談が無事終了した後に考えます。相手が最後の【六英雄】ならば猶更です」

この子……若くして【十傑】に選ばれるだけはあるわね。

内心で賛嘆していると、ハルが相好を崩した。

「……昔、君によく似た頑固なエルネスティンの射手がいたよ。彼も、僕の言うことを聞いてくれなかった。レベッカ、タチアナ」

「何時でも」「先陣は貰いますね～☆」

即座に答えると、隣のタチアナは屋根を駆け、空中に跳躍した。

「あ！　抜け駆け禁止よっ‼」「ゆ、油断しましたっ」

私とシルフィも慌てて後を追う。

——何が相手でも、私達とハルがいればばっ！

屋敷内は濃密な死臭で満ちていた。

広い廊下に転がっているのは、帝都で交戦した黒外套ユヴランが使った人形兵の残骸と、絶命している黒く巨大な獣。

私は考え込む。

「……シキの屋敷で戦ったユヴランの人形と、ユグルトが使役していた【悪食】の死体？　じゃあ、やっぱり黒外套同士で戦って……？」

屋敷が震動し、先の大広間から激しい戦闘音が響き渡る。

真っ先にシルフィとタチアナが反応。私は半瞬遅れる。

自分の実力を過信しないように。でも臆さないように！

一気に廊下を駆け抜け、半ば壊れた扉から突入。

魔力灯の下で対峙していたのは細身の黒外套――人造特異種を使役するユグルトと、長身の見知らぬ黒外套だった。

【悪食】達は悉く絶命。

ユグルトを守っているのは、鈍く光る金属製義手で片手斧を握り締め、身体が毛に覆われた巨軀の男と、長刀を持ち白髪で生気のない迷宮都市の剣士【光刃】トキムネ。

そして、剣を抜いているフード付き黒外套を纏う少女のみ。

……既に最強格以外は全滅して⁉

ユグルトが私達に気付き、焦燥混じりの舌打ち。

「ちっ。こんな時に厄介なっ！」

巨軀の男が振り向き、私を凝視。

瞳を血走らせ、凄まじく咆哮した。


〈レベッカァァァァァ！！！！！！〉


耳が痺れ、シャンデリアが落下して砕ける。

……かつてのダイソン。

もう、人としての意識はなくても、私への執着は無くしていないなんて。

ハルが私達の前に進み出た。

「ユグルト君、だったかな？　そっちの子は——」

「帝国『勇者』レギン・コールフィールド」

私が言葉を引き取る。

女神教と裏で繋がり、帝国の近衛騎士団団長に拉致されたこの子が、ユグルトと行動を共にして？

長身の黒外套が口を開く。

「……ユグルト、退け。我等の敵は」「退けませんっ！」

迷宮都市で遭遇した際に見せた怜悧さをかなぐり捨て、【全知】の子は仲間である筈の男へ返答した。片刃の短剣が震える程握り締め、怒鳴る。

「ユラト兄っ！　何故、何故ですっ‼　何故、我等を謀り……ユマを傷つけっ！　父上の【偽影の小瓶】を奪った【剣聖】と組んでいるのです⁉　既にこの事、ユリリール姉、ユリウス兄、凱帝国や秋津洲におられる姉上、兄上にも伝達したっ！　皆、困惑し、怒り、意識の戻らぬユマの身を案じている。大英雄【全知】の長男として――即答願いますっ！」

ハルの予想はほぼ当たっていたみたいね。

ただ、【剣聖】と組んでいたのは奥の男だけ。

王都で、人々を殺していたのもこいつの仕業っ！

ユラトと呼ばれた黒外套が大きく頭を振る。

「……ユグルト、全て誤解だ。あの御方がお前達を傷つけるなぞ……信じられぬ。南方大陸では『会わなかった』と仰っていた……」

「では、我等に黙って【剣聖】と組んでいたことは認めるのですな？」

「…………」

長身の黒外套は黙り込み、左手を突き出した。

元『勇者』が鋭い警告。

「ユグルト！」「っ！」

ユラトの影が一気に膨張し——人を形成していく。

桁違いの魔力。龍すらも超えてっ!?

ハルが一歩、二歩と進み、呻く。

「……まさか。そんな……」

「ハル？」「ハルさん？」

私とタチアナが声をかけるも反応せず。ただただ、影が集まっていくのを見つめている。

——その時だった。

〈レベッカぁぁぁぁぁ！！！！！！！！！！！！！！〉

突然、ダイソンだった存在が咆哮しながら、私へ向かって大跳躍。

【悪食】と混ぜられてなお、私への執着は消えていない。

「しつこいっ！　お呼びじゃない――っ⁉」

『⁉』

漆黒の斬撃が飛び、【悪食】は呆気なく両断された。

小瓶を手にしたユラトの前方に、細剣と魔杖を持ち、白衣を纏った黒髪の少女が顕現している。

――ラヴェルの言っていた『少女の形をした人外』！

死体が地面に落下する中、トキムネが疾走。

黒髪の少女へ恐るべき抜き打ちを放ち――ユラトの後方まで駆け抜けた。

そして、ゆっくりと振り返り、

「………」

唇を歪め、バラバラに崩れ落ち――異国の剣士は灰となって消えた。

私は戦慄し、脅威度を最大限まで跳ね上げる。

――この少女、恐ろしく強いっ！

タチアナとシルフィも同じ判断をしたようで、ハルの補助魔法だけでなく、自前の身体強化魔法を重ね掛けしていく。

ユグルトが顔を歪ませた。

「……くっ！　最後の最後まで、『個』への執着を消せなかったのが仇となったかっ」

「退きましょう、ユグルトっ！　貴方と私だけじゃ……確実に殺されますっ‼」

対して、元『勇者』は冷静な判断を下す。

黒髪の少女はこの間一斉動かず。瞳に光はなく、生気もない。

感じるのは、桁違いの……下手すれば、南方大陸で戦った、部分顕現した【魔神】をも超える圧倒的な魔力だけ。

ハルが更に数歩前進し、レギンを称賛した。

「……良い見立てだ。ああ、退く前に一つだけ。君のお兄さんは生きているよ。帝都で療養中だ」

「！　……本当でしょうね？」

「嘘を言う理由がない。君の為に戦い抜いた勇士を辱めようとも思わないしね」

黒髪をかき上げ、ハルが石突きで床をついた。

『！』

数えきれない魔法陣が虚空に浮かび、威圧しながらの問いかけ。

——全部、超級魔法だ。

「ユラト君、といったかな？　君が【全知】の長男みたいだね？　色々と聞きたいところだけれど……一つだけ答えてもらおう」

『っ！』

この場にいる全員の身体が勝手に震えた。

味方の私達ですら、謝りたくなる程の冷気。氷風が吹き荒ぶ。

「その子を——【賢者】春・アッシュフィールドの影を生み出したのは君かな？」

返答を間違えれば、死ぬ。

そう確信出来る程に、今のハルは……怖い。

ユラトが分かりやすく怯み、言葉に詰まる。

「…………それは」

「儂に決まっておるだろう？」

『っ！』「……冬夜」

大広場奥の空間が激しく歪み、古い黒外套を纏い、杖を持った老人が現れた。

――【剣聖】三日月冬夜。

私達の警戒度は極限まで上がり、ハルも魔法を紡いでいく。

ユラトが驚き、訝し気に問う。

「……トウヤ様⁉ どうして此処に？ 計画では――……え？」

次の瞬間――黒外套の長子の胸に杖に仕込まれた刃が深々と突き刺さった。

状況に理解が追いつかない。

え？ ど、どうして？？ 何で？？？

「！？！！！ 兄上っっっ！！！！！！！！！！！！！！！！」

「駄目っ！！！！！！」

真っ先に立ち向かおうとしたユグルトを、レギンが羽交い締めにし、無理矢理後退していく。

ユラトは吐血しながら、血に濡れた手で老人の頰に触れ、心底からの疑問。

「ごふっ……ど、どうして………？」

「うん？　もう用済みだからに決まっておろう？　魔力は少々足りぬが、お前を殺せば足る。出来れば、【光弓】も喰らいたかったが……十二分だ。人形は人形らしく役目を終えたら、壊れるべきであろう？　違うか？　愚者よ」

酷薄過ぎる回答。

この男……もう、人の心を失っている。

それでも、ユラトは最後の力を振り絞り、涙を零して懇願。

「ト、トウヤ、さま…………女神の再臨……ち、ちちのふっかつ、だけは——」

業火が巻き起こり、黒外套の長子の身体を焼き尽くす。

直後、天窓が吹き飛び、巨軀の男と小柄な少女が降り立った。

頭にはそれぞれ六本と八本の角。背には蜥蜴の尻尾。

私とタチアナ、シルフィは目を見開く。

「まさか」「……龍」「しかも、人型になれる上位種が二頭とは」

龍にも『格』が存在する。

中でもわざわざ人型へと変化する龍は、それだけ『自らが強大』だと誇示している為、非常に危険だ。

ハルが静かに、とても静かに呟く。

「………なるほど」

その視線は、【剣聖】でもなく、龍達でもなく――黒髪の少女だけに向けられている。

「黒外套の長子に、『父を復活させる方法がある』と嘘を言って操り、人族を敵視する龍の最強硬派とも結びついていたのか。随分と時間をかけた復讐だね。……夏樹を殺したのも君だね？」

夏樹……【全知】のことだ。

炎の中で老人が嘲笑し、ボロボロになったユラトの残骸を無造作に投げ捨てる。

……明らかに人の骨ではない。

「当然だ。貴様が、あの愚か者をわざわざ殺す？　世界の律を乱してまで？　このようなあり得ぬ話をあっさりと信じるのは、人形らしいと言えば、人形らしかったわな。人を蘇らせる魔法なぞ神すら為し得ていない、というのになぁ」

「な、なん、だと……？」

レギンに羽交い締めにされているユグルトが絶句。

私は魔法剣を発動し、タチアナは何時でも突撃出来る態勢。

シルフィは短剣を抜き、【光弓】を作り出し、光の矢をつがえた。

全てを無視し、【剣聖】がハルへ呪詛を呟き、

「貴様を……春、雪那、葵を『銀嶺の地』で見殺しにし、剰え！　秋を見捨てた貴様を殺す為ならば、儂は何だってしてみせようぞ。見苦しい程、弱くなった今の貴様ならば、最早十二分に殺し得るっ！！！！　……貴様達も、こんな男を努々信じぬことだ」

そして、私達を見て唇を歪めた。

「『ハル』なぞと騙る、名も無き獣をなっ！」

……え？

意味を考える間もなく、龍達が口を開き、凄まじい業火を放った。

私とタチアナは咄嗟にハルの前へ回り込む。

その脇を光の閃光が走り、全てを吹き飛ばした。咄嗟に目を防御。

やがて——光が収まった。

「「……うわ」」

恐る恐る目を開けると、射線上にあった箇所は大穴が開き、月が見えていた。

それを為した王女殿下は険しい顔でポツリ。

「……逃しました」

【十傑】は伊達じゃないわね。

ユグルトとレギンも撤退している。私達と共闘するつもりはないらしい。

黒髪眼鏡の青年は少しの間だけ前方を見やり、短く指示。

「宿へ戻ろう。対策を練る必要がある」

そう言うと、ハルは踵を返し、歩き始めた。

――初めて見る、とてもとても寂しそうな背中。

「ハル……」「ハルさん……」

私とタチアナは胸が締め付けられ、彼の名前を呼んだ。

でも、私の育成者さんは振り返らず、ただ冷たい夜風が吹き荒れた。

第4章　【雷姫】レベッカ・アルヴァーン

シルフィと別れ、『一角獣亭』へと戻った私達は明日に備え眠ろうとした。

――けど。

「眠れない…………」

上半身を起こすと、隣ではシャロンとタチアナが熟睡している。

妹を護衛してくれていたサシャ・ティヘリナはいない。クランホームへ戻ったのだ。ハルの教え子には変わった子が多いけれど、あの子の話し方も凄く独特だったわね。

二人を起こさないようベッドから降りて、ケープを羽織り――少しだけ考えて、リボンを手にして廊下へ。

魔力を探ると、彼は屋根の上にいるようだ。

「…………」

少しだけ、話すのが怖い。

でも……リボンを胸に押し付ける。話さなきゃ、ハルと。

窓を開け、身体強化魔法を発動して跳躍。

屋根へ飛び乗り、片膝を立てて王都の夜景を眺めている青年の名を呼ぶ。

「……何よ？　まだ起きてたの？」

私のお師匠様は寂しそうな横顔に、笑顔を張りつけさせて振り向いた。

胸が締め付けられる。

「ん？　ああ、レベッカ。寝なくていいのかい？」

「……寝られないわよ、あんなのを見たら。私、タチアナみたいに図太くないの。そっちへ行っていい？」

「勿論。おいで」

おずおずと尋ねると、普段通りの答えが返って来て、敷物を取り出してくれた。

音を立てないように進み、彼の隣に腰かける。

「…………」

横顔を見つめるけれど、ハルは沈黙。

視線を外し、暫く二人で夜景を眺める。

帝都とは違う街並み……様々な問題があっても、この場所には多くの生きている人達がいる。

ハルがおもむろに口を開いた。

「少し前に話した、彼と彼女の話の続きをしよう」

「……うん」

私は短く答えた。

多分――こうなると思っていたから。

「僕が【六英雄】達と会った時、彼女達は酷く疲弊していた。当然だね。世界中を駆けずりまわって、【銀氷の獣】や暴れ回っていた魔物、龍を打ち倒し、打ち倒し、打ち倒し……その結果、擦り切れる寸前だった」

「うん」

どんな英雄や勇士だろうと、無敵じゃない。

戦い続ければ疲弊するし、傷つく。最悪の場合は。

【六英雄】達もまた……そうだったのだろう。

ハルがおかしそうに笑った。

「彼女達はね――最初僕を殺しに来たんだ。懐かしいなぁ。交渉も何もなく、突然襲って来てさ、参ったよ。どれくらい戦ったかな……三日は戦い通しだったと思う。流石に疲れてね。僕が『休憩しよう』と提案したら酷く驚き、動揺して……冬夜なんて、剣まで落としていたっけ。ああ見えて、昔は可愛かったんだよ？」

「……信じられないわね」

私もぎこちなく笑う。

ハルが人じゃないのは分かっていた。

人は秘薬を使っても数百年も生きられないし……拳を握り、雷をほんの微かに生み出す。

魔力を他者へ渡せたりしない。

そんなことが出来るのは、【女神】か――……『人に魔法を教えた黒き獣』だけ。

青年が悪戯っ子の顔になる。

「まぁ……動揺した隙をついて、一人を除き半殺しにしたんだけどね」

「ひっどーい。幼気な大英雄様達の心に傷を負わせたの？　昔の私みたいに？？」

私もわざとらしく返す。からかい癖は昔からみたい。

ハルは肩を竦め、左手を振った。

「僕もまだまだ若かったのさ……。その後は戦闘に参加しなかった【賢者】、そして、これまた可愛らしかったエルミアやラヴィーナ達に手当をさせて、たくさん話をして——色々あって、僕も彼女達の旅に同行することになった。当時拾っていた子達も連れてね」

つまり、エルミアやラヴィーナ達は——全員かは分からないけれど、【六英雄】と一緒に戦った経験がある、と。

ハルが目を細めた。

「彼女は——【賢者】春・アッシュフィールドは不思議な子だったよ。とても……不思議な子だった。誰よりも賢く、誰よりも強く、誰よりも人生を楽しみ……」

眼鏡を外し、青年はシャツの胸ポケットへ仕舞った。

夜風に黒髪が靡く。

「誰よりも、この世界に絶望を覚えながらも、希望を決して捨てない子だった」

「…………ハル」

私は彼の左腕にしがみつき、頭を肩へ乗せる。

——余りにも寂しそうだったから。

【始原の者】の打倒——人の身で為すのは、この世界の理を超える必要があった。だからこそ、【三神】は自らの力を以て秋達を召喚した。でも、最後の、最後の半歩が足りなかった。ラヴィーナやエルミア達は、秋達を無傷で奴の前に送り込む為に力を使い果たしていて、支援は出来ず。その結果、奴の纏う尋常ならざる魔法障壁を突破出来なかった。怒りに支配されていても、奴とて古の神。【三神】と人が創った『こちら側に存在する魔法』では、限界を超える必要があったんだ」

「…………」

青年の横顔は、罪を告白する死刑囚のように白い。

私はしがみつく力を強め、少しでも体温を移そうとする。

「艱難辛苦を越え――【始原の者】の前に辿り着いたのは、【勇者】【剣聖】【全知】【花天】【神斬】の五人」

「五人……六人じゃなく？」

ハルが右手で目を押さえ、歴史の真実を語る。

――彼の瞳に星が幾重にも重なった紋章が浮かぶ。

「【賢者】春・アッシュフィールドは、あの怪物へ皆の剣と魔法を届かせる為、自らの命を捧げる秘呪を用いた……僕が創った。最初にして最後の我が儘は、僕が傍にいること。結果僕の腕の中で最後の最期まで笑って――『これで貴方は私を絶対に忘れられないわね？　私の勝ち！』って言いながら。……僕は未だに彼女の気持ちが分からない」

「…………」

心臓が軋み、鋭く痛んだ。

……つまり、【賢者】はハルを。

「【始原の者】に挑んだ五人の内、【花天】と【神斬】はどんな英雄でも出来ない戦いぶりを見せ——散った。僕が教えた最終魔法と最終剣技を使って………。そんなつもりで教えたわけじゃなかったのに」

青年の手の隙間から、涙が零れ落ちる。

私の視界も涙で曇る。この人が泣いているのを見るのは……耐えられない。

「帰って来た【勇者】【剣聖】【全知】は大英雄となった。その後は、レベッカも知っての通りだよ。平和だったのは僅かな期間だったね……すぐ、【魔神】を殺す女神教と旧帝国の策謀に、彼女達は巻き込まれたから。僕は止めたんだけど、無理だった」

手を外し、涙を拭った青年は嘆息。

そのまま、頭上の星空を見上げた。

「短い……けれど、大陸の地図すら書き換わるような死闘の末、秋達は【魔神】を討った。その結果、【女神】もまた倒れ、【龍神】は人々に愛想を尽かした。そして……自分達が利用されていることに気付いた秋は帝国に冤罪を被らせられるも、何も反論せず処刑。冬夜と夏樹は世界へ復讐戦を挑み……ユキハナでの最終決戦で僕とアーサーに敗れ、『人としての死』を得た」

「……ああ、やっぱりそうだったのね」

【勇者】の伝説は御伽話として、今の世に伝わっている。

その全ての内、たとえ十分の一でも事実だとしたら……旧帝国の全軍を動員しても、彼女を討つのは到底不可能だったろう。

彼女は【魔神】すらも討ち果たしていたのだから。

ハルの前へと回り込んで、馬乗りになり、左頬に手を添えた。

「【勇者】春夏冬秋は——自殺したのね？　自分が救ったこの世界と人に絶望して」

青年が俯き、小さく零す。

「……彼女は優し過ぎたんだ。春達を犠牲に生き延びた自分を責め、【魔神】を殺した自分を責め、【女神】が世界の為に死んだことを嘆き……最後には、この世界に生きる人々の醜悪さに、絶望した。……僕達と袂を分かっていたのも悪い影響を与えたんだろう」

彼の膝に涙が染みを作っていく。

「帝都の処刑台、その猛火の中で僕に何度も詫び、この世界を託して逝った。『……春ちゃんにね、嫉妬していたの。私も貴方に、私のことを――この世界で生きて、生きて、一生懸命生き抜いたっ！　春夏冬秋をずっとずっと覚えていてほしかったから』――長く長く生きてきたけれど、彼女達には負けたよ。この『呪い』は解きようがない。人は……本当に、本当に恐ろしい……」

黒髪の青年が魔法を発動。

私の身体を浮かび上がらせ、立ち上がった。

数歩進み、背を向けたまま空を見上げる。

月が陰り雷鳴。

彼の影だけが姿を変え、巨大な【狼】となった。

「レベッカ、僕は――……俺は『ハル』じゃない。この名は春・アッシュフィールドとの約束の名だ。そもそも名乗る名もない、ただの」

「――馬鹿言わないでっ！！！」

浮遊魔法を解き、私は彼の背中に抱きつく。

昔の私なら、絶対に魔法を解けやしなかった。

こうなれたのは……頭を押し付け、告白する。

「私は昔の貴方を知らないわ。世界に禍を齎す伝説を残し、【六英雄】と旅をして、世界を幾度か救ったのかもしれない。けど——……けどっ！」

ぎゅっ、と力を込め青年を抱き締め続ける。

——【賢者】も【勇者】も、きっとこうしたかった、と思うから。

「私にとって、貴方はハルよっ！　私のお師匠様で、時々意地悪。だけど、誰よりも優しく、強く、たくさんの人を助け、世界を幾度も救って来た——……」

私は無理矢理、青年を此方に向かせた。

背伸びをして黒髪に指を滑らせ、目元の涙を拭い、微笑む。

「世界で一番の育成者さん。それ以上でも、それ以下でもないわ。そうでしょう？」

……長い沈黙。

銀色の美しい氷華が空を舞い、一陣の雪風が吹く。

私が前髪を押さえていると、ハルはそっと私の手を握りしめ、リボンを手にした。

「…………そうかな？」

「そうよっ！」

胸を張って断言。同時に、今は亡き二人の少女へ祈る。

——貴女達の想いと無念、私が受け継ぐわ。

決して、決して、この人を一人で死なせたりしない！　絶対にっ‼

そう決意を固めていると、突然彼に抱きしめられた。

「！　ハ、ハルっ！？！！」

「……有難う。少しだけ、このままで……」

動転し、身体が硬直するも、背中に回された手の温かさに、心臓が早鐘のように高鳴る。

嗚呼、私、幸せで死んじゃうかも……はっ！

視線を感じ、目を向けると、屋根上にある煙突の陰から、寝間着姿のタチアナと軍装のシルフィが此方を覗き見していた。

二人の唇が動く。

『後で私もしてもらいますね♪』『……お、大人です……』

「〜〜〜〜っ」

私は口をパクパク。

頬が一気に紅く染まるのを感じつつも、ハルを押しのける、という選択は一切浮かばず、為されるがままにしていると――

「きゃっ⁉」「おっと」

突然、ハルが私をお姫様抱っこして、跳躍。

襲い掛かって来た植物の枝と光閃を躱し、屋根の上へ着地した。

私を降ろし、手早くリボンを後ろ髪に結んでくれた青年は眼鏡をかけ――普段通りの口調で少女達を窘める。

「エルミア、アザミ、少し乱暴じゃないかな？」

「……不公平の是正」「……主様、端女とて嫉妬は致します」

一切の気配なく現れた、魔銃を持った白髪似非メイドと黒髪の着物少女が、ムスッとしながらハルへ抗議し、次いで、私へ剣呑すぎる視線を叩きつけてきた。

ま、負けないわよっ！

煙突の陰では、シルフィがタチアナを揺さぶっている。

「！？！！！　あ、あの、神々しい御姿は……ま、まさか、伝説の【白姫】様ではっ⁉」

「シ、シルフィさん、お、落ち着いてくださぃぃぃぃ」

「神々しいって、大袈裟な、みゃっ！」

「……邪魔」「……当分は駄目です」

ひんやりとしたエルミアの手に背中を触られ、私は悲鳴を上げ、飛び上がった。

すぐさま、アザミの枝に拘束され、ハルから遠ざけられ、降ろされる。くうっ！

白髪似非メイドが黒髪眼鏡の青年に報告。

「同盟の統領エンリコ・ダンドロは王都へ入った。本人に女神教との繋がりはなく、関係者は全員拘束済み」

「――帝国皇帝代理カサンドラ・ロートリンゲンも王都へ到着しております。護衛は少々不甲斐ないようなので、端女に万事お任せ下さい」

次いで、アザミも最新情報を伝達する。

サクラと仲が悪い、というのは本当みたいね。

ハルは手を伸ばし、

「二人共、有難う。御苦労様」

少女達の頭を優しく撫でた。

さっきまで不機嫌そのものだった、【千射】と【東の魔女】の表情が晴れ、嬉しそうに目を細める。

「……ん」「……勿体ない御言葉」

はぁ……ちょろいわね。妹弟子として嘆かわしい限りだわ。

ハルが手を離し、私達全員と目を合わせ、告げる。

「世界樹に登り、ハイエルフの【巫女】を介して【龍神】と話をしてきた。彼女はもう世界に興味がなく、一切干渉もしないそうだ。神の時代を終わらせることにも同意していた。けれど、僕達が負ければ……良くも悪くも、時計の針は巻き戻る」

『！』

一気に空気が張り詰めた。

――神の時代が終わり、人の時代がやって来る。

でも、私達が負ければ、【剣聖】と龍族の強硬派は世界を蹂躙するだろう。

眼鏡を直し、青年が呟く。

「敵は復讐に目を曇らせた哀しき【剣聖】。そして、人の時代を拒絶する龍達。言うまでもなく……強大だ。【魔神】【女神】の力を使うのも躊躇しない」

私達は肩を竦めた。今更だ。皆と一緒に叫ぶ。

「勝つわよ――貴方がいるから！」

「愚問」「万事、お任せください」「頑張りま～す♪」「古の誓約を果たしましょう！」

エルミア、アザミ、タチアナも応じ、シルフィが胸甲を叩いた。

ハルが何時も通り笑ってくれる。

「頼もしいね。なら、勝とう。勝って、大英雄達が残した最後の宿題――『神の時代を終わらせる』ことを成し遂げよう」

『はいっ！！！！』

私達が一斉に返事をすると、地平線の先に眩い光が差し込み、王都を真っ白に染め上げた。

――決戦の日はこうして幕を開けたのだった。

＊

「はぁ!? ……お師匠、本気で言ってるの？？」

レナント王国王宮の会談控え室に、ドワーフの少女――【灰燼】のハナの叫びが響き渡った。帽子の下で二束に纏められた茶髪とリボンが、漏れた魔力を反射させる。

隣の【本喰い】ナティアも読書を止め渋い顔。

この姉弟子達はカサンドラ・ロートリンゲンの護衛として、【盟約の桜花】の面々と一緒に、王都へやって来たのだ。

……でもまさか、タバサとニーナまで来るとは思わなかったわね。

椅子に腰かけ、ニーナから紅茶のカップを受け取ったハルが平然と答える。

「本気だよ、ハナ。この会談は【剣聖】の襲撃を受ける。だから――そこで叩く。今、話した案でね」

「……私、聞いてないんだけどぉ？」

「報せたら反対したろ？　もしくは、『アザミじゃなく、私にっ！』って言ったかな？　タバサ。【女神の涙】の研磨方法だけど、少し分かったことがあるんだ。今の内にメモを渡しておこう」

「はいっ！」

緊張しながら、ハルとハナのやり取りを聞いていた淡い茶髪の少女は数枚の紙を受け取り、すぐさま読み始めた。

私とタチアナの背中に隠れているシャロンは落ち着かない様子で「……【灰燼】様、【本喰い】様、タバサ・シキさん……皆さん、凄い人ばかりです……」と零す。こうなるのも無理ないわね。

ドワーフの少女がテーブルを叩き、唸った。

「う～！　……タチアナ、レベッカ、何とか言ってっ‼　こんなの無理だってっ‼」

確かにそうかもしれない。

ハルの作戦案は一見、無茶苦茶で昔の私だったら……ううん。

昨日までの私だったら、断固として反対していた。

——でも、今は。

タチアナが両手を合わせ、意地悪する。

「なら、ハナはお留守番してますか～？　タバサさん、ニーナさん、それにシャロンさんの護衛も必要ですし」

「そうね。ハナが残ってくれれば安心出来るわ。それが良いんじゃない？」

「んなっ⁉」

まさか、私達に反対される、と思っていなかったのか、姉弟子は口をパクパク。

壁に背中をつけ、レーベを抱きしめているエルミアをキッ、と睨むも、睨み返され、視線を泳がせる。

本をテーブルへ置き、最古参組の一人であるナティアが静かに口を開いた。

「お師様、意見具申しても？」

「無論だよ。【本喰い】殿の意見を聞かせてほしい。この作戦の難易度は高いけど、アザミがいれば、やれなくはないと思うんだ」

頭に角を持つ魔族の少女は首肯。

立ち上がって、ハルの傍(そば)へ近寄り、片膝をついた。

「理論上は十分可能。なれど――お師様が前線に立たれるのには、賛同出来かねる。【神剣(しんけん)】【蒼楯(そうじゅん)】がおらず、ラヴィーナ姉もいないなら、エルミアと私に任せてほしい。老いた大英雄と数頭の龍なら――」

「ナティア」

「！　お、お、お師様⁉」

ハルが少女の手を握り締め、深々と頭を下げた。

途端に姉弟子がわたわた。

「これは、世界を救った【六英雄】が僕に遺(のこ)した最後の宿題なんだ。我が儘(わがまま)を許してくれないかな？」

「か、顔を上げてほしい。私はそんなつもりじゃ……気持ちは理解を。……でも、貴方の身に何かあれば………私達(たち)は、一日だって生きていけないことも分かってほしい。私達は貴方に出会わなければ、とうの昔に野垂れ死にしていた。戦場で。荒野で。滅びゆく国

で。名も無き路地裏で。この命は――貴方に手を取られた、あの時、あの瞬間から、血の一滴、髪の毛一本に至るまで、貴方の物だ。『咎がある』というならば、それは――私達全員で背負うのを、どうか、どうか許してほしい」

『……っ』

凄まじいまでの覚悟の発露。私達は声も出ない。

――これが最古参組！

対して、エルミアは『至極当然』という表情をしている。

黒髪眼鏡の青年は顔を上げ、苦笑。

「……秋達には『男の子らしさ』というのを、散々教え込まれたんだけどなぁ」

「自己犠牲ばかりが、男らしさじゃないさ。そうだろう、エル姉？」

「――ん」

レーベを解放した白髪似非メイドは髪を払って、腕組み。

「自明の理。これ程、簡単な話もそうそうない。ハルがいない世界に意味なんか欠片もない。……世界中探したけれど何処にもなかった。私達の命はハルに使い潰してもらう為、存在しているのは間違いない。私達はハルに数えきれない程命を救ってもらったから。

――レベッカとタチアナ」

姉弟子に名前を呼ばれ、私達は身構える。

――普段と異なる鋭い視線。

「全てが想定通りなら、おそらく【剣聖】と相対するのは、ハル以外では貴方達だけになる。新しい【剣】と【楯】を名乗るなら――」

「大丈夫よ」「任せて下さい」

エルミアの言葉を遮り、タチアナと頷き合う。

もう、迷いはない。


「絶対に負けないからっ！」」

私達の答えを聞き、姉弟子は微かに笑みを見せた。

「――……少しは良い顔になった。家猫一号、二号として今後も研鑽を積めば、多少は恩情をかけてもいい」

「い、家猫じゃないわよっ！」「ハルさん、猫がお好きなんですかぁ？」

世界の命運を決める会談前だというのに、部屋の中の空気が一気に和らぐ。強張っていたシャロンも、少しは肩の力が抜けたようだ。

――礼儀正しいノックの音。

扉が開き、純白の軍装を身に着けた【光弓】シルフィ・エルネスティンが、数名の女性騎士を引き連れてやって来た。

「失礼します。会談が開始されるようです。十大財閥各当主の参集が急遽中止になった以外、今の所、異変はありません」

「ありがとう、シルフィ」

ハルが答え、私達を見回した。全員で頷く。

ヴォルフ、シキ両家の機密情報によれば、十大財閥内で大きな意見の隔たりがあったらしい。……気になるけど、対処は戦後の話ね。

レーベが光を放ち――魔杖となる。

「さて、行こうか。人の世界の行く末を決める場所へね。タバサ、ニーナ、シャロン、君達もおいで。ここまで来てしまったんだ。全てを見届けておくれ」

案内されたのは、王宮の最奥（さいおう）にある巨大な広間だった。

普段は謁見の間として使われているのだろう。

床には豪奢（ごうしゃ）な絨毯（じゅうたん）が敷かれ、大理石製のテーブルが鎮座。

中央と左右に置かれた古めかしい椅子には、三人の男女——三大国の首脳が腰かけ、周囲には護衛の精鋭達が控えている。

【盟約の桜花】の面々でこの場にいるのは、サクラとファン。ロス達は外のようだ。カサンドラの孫娘であるテアも来たのね。

シルフィが中央に座る、王冠を被（かぶ）った疲れた様子の男性——レナント王国国王ヘイリー・エルネスティンへ近づき、報告。

「【黒髪の賢者】……シルフィの言は偽りではなかった、と」

初老の男性はそう零し、立ち上がった。

テアの介助を受け、カサンドラ・ロートリンゲンも席を立ち、ハルに対し、深々と頭を下げた。

次いで白髪白髭（しらひげ）の老人——自由同盟統領エンリコ・ダンドロも、席を立ち目礼。

「ニッティ大使の報告と口伝通り、か……」

私のお師匠様は左手を掲げ、三首脳へ着席するよう促した。

王国と同盟の護衛が一瞬殺気立つも——

『！』

エルミア、ナティア、サクラが凄まじい殺気を叩きつけ、問答無用に黙らせる。

ハルが前へと進み、話し始めた。

「僕はかつて【六英雄】を先導し、【銀嶺の地】へ赴き——【始原の者】封印を見届けた」

魔杖の石突きが大理石を叩き、音が反響する。

王宮だけあって、かなりの結界を張り巡らせているようね。

「それから、人の身では長い時間が経ち——」

ハルが立ち止まり、三首脳へ事実を指摘する。

「君達の中にも歴史を知らない者が生まれた。まぁ、これは、僕とアーサーが『歴史を抹消し過ぎた』のと、僕自身が少しずつ表舞台への関与を減らしたせいもある。……でも、君達の父祖はこうも言ったんだよ？　『必ず伝えていく』と」

「「「……………」」」

カサンドラが頭を下げ、エンリコとヘイリーは気まずそうに顔を逸らした。

黒髪眼鏡の青年が少しだけ振り返り、私達に目配せ——了解。

「僕が望むことはカサンドラが伝えてくれているね？　『【三神】【始原の者】に触れるべ

からず。それに関与したものに厳罰を』。ただ、それだけだ。ああ、女神教は考慮しなくていい。あれは、もう――『壊されている』」

「帝国は従います」「……王国も同じく」

カサンドラとヘイリーはすぐさま受諾。

難しい顔をして黙り込んでいる老人へ、ハルが尋ねる。

「君はどうかな？　同盟の統領君？　僕の娘が少々手荒い真似をして悪かったね」

促され、エンリコは苦い表情。

エルミア曰く『統領の屋敷と、やって来た海都の部隊を制圧した』。一国の首都を守る部隊を単独で蹴散らさないでほしい。

「……否、とは言わぬ。先日、南方大陸首府で起こった事件のあらましも聞いておるからの。だが――……一部とはいえ、【魔神】の力を得た、というルゼ・ルーミリアをどうすれば良いのだ？　我が国は王国と異なり、直接侵攻の可能性がある。使わずとも【魔神】の力を研究する必要が――」

「君が直接頭を下げに行けばいい。ルゼなら会ってくれる。彼女は、とても聡明だよ。君自身の矜持故に、その程度のことが理解出来ないのなら、君にはそもそも『統領』の資格がない。近い将来、同盟は崩壊し、帝国に飲み込まれるだろう。南方大陸にいる、ニッティという大使からもその提案が来ているんじゃないのかな？　ルゼの話だと『切れ者』かつ『道理が分かる人物』ということだしね」

最後まで言わせず、ハルは断言した。同盟内の機密情報を此処まで熟知して！

老統領は目を見開き、荒く息をした後、肩を落とした。

「…………承知した。この会談が終わり次第、向かうとしよう」

「そうした方がいい。今の【四剣四槍】殿を止めるのは、君達じゃ不可能だ。……さて」

ハルが前方の巨大なステンドグラスを見上げた。

魔杖を回転させ、揶揄。

「何時までそうしているんだい、冬夜？　早く出て来てくれないかな？」

凶風が吹き荒れ、前方の空間が歪んだ。

その中から、ボロボロの黒外套を身に着け、杖を持つ老人が降り立つ。

大理石が割れる程激しく床を踏みしめ、堕ちた大英雄は憎悪をハルへ叩きつけた。

「……貴様……私が三列強首脳の命を狙うのを知りながら、日程すら一切変更せず、真正面からの迎撃を企てるとは……何処までも舐めてくれるっ！！！！　いいだろう、衰えし、傲慢な【黒禍】よ。そんなに死にたいのならば、今すぐに殺してくれるわっ！」

王宮全体が軋み、凄まじい殺気で、地面も震える。

「この――【剣聖】三日月冬夜がなっ！！！！！！！！！！！！！」

老人の身体から禍々しい魔力が噴出し、私達を威圧。

王国の騎士達と同盟の護衛は慄きながらも、次々と武器を抜き放っていく。

サクラとファンも既に長刀と長槍を構え、戦闘姿勢。ハルの命令があれば、すぐにも突撃を敢行する気だ。

私とタチアナも双剣と片手剣を抜き、魔法を紡ぐ。

そんな中でも、エルミア、ナティア、ハナは悠然。流石は歴戦の姉弟子達ねっ！

ハルが『レーベ』を振り、私達全員に七属性補助魔法を七重発動させると、一気に身体が軽くなる。

次いで、黒髪眼鏡の青年が魔杖の石突きで床を突き――

「……ぬっ！」『！』

床一面に、植物の枝と根を模した大規模魔法陣が出現。

直後――三国首脳と護衛達が転移し、大広間一帯が強大極まる結界で封鎖された。

残った味方は、私達以外ではシルフィだけ。

シャロンやタバサ達も転移しておらず、分厚い魔法障壁と、数冊の生きた古書に守護されている。事前に話こそ聞かされていたものの……その規模に私は驚愕した。

「戦略結界！　こ、こんな大規模なの何時の間に……あ！」

アザミが単独行動していたのは、これを準備する為だったのね。

【魔女】の膨大な魔力と、ハルの補助があればこそ出来る離れ業だ。

魔杖を老人に突きつけ、黒髪の青年が片目を瞑った。

「君専用の結界だ。これでもう【渡影】じゃ逃げられない、それにしても……襲撃の機が予想通りだ。こういう時間に細かい所は昔と変わっていないね、冬夜。二百年に亘る旅路、その感想を聞かせておくれ」

「……抜かせっ！」

老人が杖を思いっきり突くと、音が大反響。

虚空が歪み、頭に六角と八角を持つ偉丈夫と少女が現れた。背には蜥蜴の尻尾。

――龍だ。

二人の瞳には底知れない憎悪と不信が浮かんでいる。

瞳を赤く染めた偉丈夫が床を踏みしめると、大広間全体が震え、壁や柱に亀裂が走った。

「黒キ禍。我等ガ仇っ！」「…………」

たどたどしい大陸共用語だからか、余計にその強い怒りが伝わってくる。

どちらとも――明らかに私が倒した雷龍よりも強いっ！

けれど、ハルは一切動じず。目を細めて、淡々と問うた。

「【龍神】直系の子達だね？　名前を聞いておこう」

「……グ・グガ」「ザ・ジジ」

短い名乗り。私はタチアナへ目配せするも、小さく頭を振った。

……名を持つ龍。

冒険者ギルドの記録でも、滅多に出て来ない程の怪物だ。

ハルが重々しく問いかける。

「龍の子等よ、【龍神】は既に時代を人へと渡す決断をした。遠からず、この世界からも去るだろう。君達が人を憎むのは理解出来る。けれど、もう神の時代は終わり、龍の時代もまた終わるんだ。それでもなお、君達は……」

最後まで聞かずに二人の魔力は一気に膨れ上がり、暴風を纏った。

赤と白の影が見る見る内に変容し【龍】の姿に戻っていく。

「ハル！」「下知をっ！」

「――サクラ、ファン、駄目だよ。勇士には敬意で応えよう」

【舞姫】と【烈槍】を留めつつも、ハルは冬夜から目を離さない。

そして、濃い魔力風が吹き荒れる中――赤龍と白龍が出現した。

凄まじい咆哮。

『『～～～～～～～～～～～～！！！！！！！！！！！！！』』

「っ！」「きゃっ！」「！！！！」「御二人共、私の背に！」

衝撃波が襲いかかり、私とタチアナは防御。悲鳴をあげるシャロンとタバサは、ニーナが守ってくれているようだ。

ハルが純粋な賛嘆。

「『抗う』と。それもまた良し。龍の矜持、心地よいものだね。サクラ、ファン！　君達はグ・グガを。数年間、追っていた相手だろう？　巣立った後の成長、見せておくれ」

「了解っ！」

【盟約の桜花】の団長と特攻隊長は即座に呼応。

まるで、空中に足場があるかのように赤龍へ襲い掛かり、激しい戦闘が始まった。

白龍はそこに加勢せず、人の身では到底実現出来ない大規模魔法を行使。

無数の飛竜が召喚されていく中タバサが悲鳴。

「……こ、この白龍の魔力、そっちの赤龍よりも、ずっと、ずっと、う、上です！」

肩越しに見やると、少女の瞳に紋章――【深淵を覗き込みし眼】が浮かび上がっている。

初めて会った時に比べると、信じ難い上達具合ね！

上空を旋回していた数十体の飛竜が、ハル目掛けて翼を翻し――閃光が走り、悉く撃ち抜かれ消失する。

「ん。そこそこやる」

「あ、ありがとうございます……あ、あの、後で『千射夜話』にサインを……」

魔銃【遠かりし星月】を肩に載せたエルミアの称賛に、シルフィが光弓を手に持ちながら、照れている。読者だったの⁉

赤龍とサクラ、ファンの戦闘音が鳴り響く中、ハルが白龍へ頭を振った。

「……ザ氏の神龍候補。君はこんな場所に居てはいけない。世界樹へ御戻り。【巫女】も悲しんでいた」

「…………信ジナイ」

白龍が九つの眼に底知れない怒りを表し、再び召喚魔法を行使した。

「信ジナイ。母様ヲ殺シタ人ナゾ、死ンデシマエバイイ！！！！！！！！！！」

先程、エルミアとシルフィが落とした数を遥かに上回る飛竜が次々と召喚されていく。

ハルが短く名を呼んだ。

「仕方ない——ハナ」

「は〜い」

『ッ！』『姫サマ！』「ぬっ！」

ドワーフの少女が一切の躊躇なく、代名詞の超級魔法【灰燼】を発動。

飛竜の大群、白龍、赤龍、【剣聖】が大灰炎に飲み込まれ、消えていく。

赤龍をたった二人で抑え込んでいたサクラとファンも戻って来た。次々と治癒魔法が発動し、傷が埋まっていく。

ハナが帽子のつばを下ろし、冷静な戦力分析。

「お師匠、抑えはするけど……私だけじゃ、あの白龍はちょっと厳しいかも。サクラとファンも赤龍だけで手一杯みたいだし、エルミア達は他に当てないといけないんでしょう？

レベッカとタチアナは【剣】と【楯】――外にいるリル達を呼べない？」

「わ、私は大丈夫よっ！　やれるわっ‼　ねっ？　ファン？？」

「……ハナの判断に間違いはねぇよ。分かってんだろ？」

「う～！」

サクラが不服そうにするも、ハナとファンの意見は変わらないみたいだ。

目の前で荒れ狂う灰の炎が膨張し――弾けた。

エルミアが魔銃の引き金を引き、タチアナも剣を振るう。

煌めく【千楯】と薔薇を象った【名も無き見えざる勇士の楯】が炎を防ぎきると――

上空には二頭の龍。大広間の奥からは老人が姿を現し、黒髪の少女を従えている。

飛竜は全部消えたものの……大陸第七位の魔法を喰らって無傷！

ハルが改めて指示。

「目標に変更はないよ。サクラとファンはグ・グガを。ハナはザ・ジジだ」

「「了解！」」「……お師匠、厳しぃ」

【舞姫】と【烈槍】は地面を蹴り、赤龍との戦闘を再開。

対して、ドワーフの少女は情けない呻きを零し、杖を振るった。

複数の炎の大竜巻が生まれ、白龍を包み込み足止め。

老人と少女へ鋭い視線を向けながら、ハルが断言。

「大丈夫だよ。頼もしい増援が来てくれる——準備はどうかな？　ルナ？？」

「何も問題無いよ、お師匠」

床の魔法陣が明滅し、茶髪をリボンで一束にしてハナとお揃いの帽子を被り、精緻な刺繍が施されたケープを纏ったドワーフの少女が現れた。手には古い杖を持っている。

——【天魔士】のルナ。

「「えっ！」」「少し遅いね」「……良かった」

私とハナの声が重なる。ナティアとタチアナは知ってたのっ⁉

【剣聖】が驚愕し、目を血走らせた。

「馬鹿なっ！【天魔士】だと⁉　西都から移動した、という報告は——……貴様っ！」

「忘れたのかい？【渡影】の技はそもそも僕が夏樹に教えた技だよ？　準備さえすれば、長距離移動なんて造作もない」

「…………っ」

杖を震わせ、老人がハルへ歯軋り。

そんな中、ハナが険しい顔で双子の妹の名を呼んだ。

「……ルナ」

「私達の命はお師匠のものだから」

短く応答し、帽子のつばをおろした。ハナとお揃いのリボンが揺れている。

炎の竜巻が吹き飛び、白龍が魔法を発動した。

無数の飛竜が生まれ、同時に光の装甲を纏っていく。対応が早いっ！

ルナが大きく杖を振った。

――空間が激しく鳴動し、狼の咆哮が轟く。

顕現したのは八頭の巨大な白き狼。

ナティアが驚き、呟いた。

「神狼八頭の使役……大したものだ。【始まりの魔法士】【精霊に愛されし子】初代エーテルフィールド以来、か。これだから天才は困る」

飛竜達も怯え、サクラとファンに次々と撃墜されていく。

フワリ、とドワーフ姉妹の身体が浮かんだ。

「ほんとっ……昔から可愛くない妹っ！　召喚士なのに【天魔士】って何よっ‼」

「お姉ちゃんが世界で一番可愛いよっ！　早く早く【天魔士】になってよねっ‼」

文句を叫びながら、杖を重ね――白龍へ超級魔法を同時発動！

神狼達も口から光閃を放ち、強大な魔法障壁と衝突し、飛竜の群れと大広間の構築物を吹き飛ばしていく。

――二人の口元が喜んでいるように見えたのは、気のせいじゃないわね、きっと。

「…………」

苦々し気な老人が杖を握り締めると、黒髪の少女が影に包まれた。

純白の聖衣。両手には片手剣と魔杖。気味の悪い魔力を大広間一帯にばらまいている。

――【賢者】春・アッシュフィールド。その影。

眼鏡を直し、青年が呟く。

「春の影……。確かに恐ろしい。本気で戦えば、【六英雄】最強は彼女だったろう。それが出来ない子だったのだけれど。お待たせしたね、エルミア、ナティア、シルフィ？」

「――ん」「お任せだよ！」「は、はいっ！」

即座に、ハルを除けばこの場にいる中でも最強格の三人が【賢者】の影に対して、次々と攻撃を開始した。

エルミアとシルフィが放った、数えきれない閃光を大英雄の影が悉く弾いていく。

その周囲を、ナティアの生ける十数の魔導書が取り囲み、黒鎖・黒剣・黒斧・黒槍の暴雨を降らせ、老人との距離を強制的に引き離していく。

ハルが眼鏡を外し、仕舞った。

「所詮は影だ。【千射】【本喰い】、そして、新しき時代の英雄【光弓】に勝てはしない。さぁ、冬夜、始めようか。僕等の最後の戦いを」

「…………」

【剣聖】が顔を伏せ、沈黙。

かつて、世界に対したった二人で挑んだ大英雄といえど、老い衰えた単身で、ハル、そして、私とタチアナを同時に倒すのは不可能だ。

ハルの作戦――『のこのこやって来た冬夜を結界内に閉じ込め、手駒を味方の大戦力で各個撃破』は成功しつつある。

「――……ククククク」

くぐもった嗤い声が耳朶を打った。

後方の玉座が、エルミアの射弾で粉砕される中――【剣聖】は怒号。

「馬鹿がっ！　この儂がっ‼　【銀嶺の地】より生きて帰りっ、世界相手に戦い、後一歩の所で、勝利を収めかけた、【剣聖】三日月冬夜がっ！　『切り札』を持たず、むざむざ死地に赴くものかよっ！！！！！」

左手に現れたのは――《魔神の欠片》と【偽影の小瓶】！

過去最大の寒気が走る。

「レベッカさんっ！」「分かって、るっ！」

タチアナと呼応し全力攻撃っ！！！！

花弁を模した斬撃と雷が、狙い違わず老人を直撃。

大理石の床を粉砕し、天井まで届く土埃を立ち昇らせた。手応えあり！

「レベッカ、タチアナ――全力で防御を」

――瞳に《時詠》が宿った。

「「っ！？！！」」

ハルの警告と七属性補助魔法の七重掛け。

そして、《時詠》により、砂埃を突き破って来た必殺の斬撃を、私達は辛うじて受け切った。……黒髪の青年が三撃を防いでくれて、この様。久方ぶりに強い恐怖を覚える。

若い男――いや、少年の嘲り混じりの論評。

「――ほぉ、受け切ったか。中々にやる。かつて、共に戦い、【銀嶺の地】に辿り着く前に死んでいった者達の域には届いているようだな」

ゆっくりと歩いて来たのは、錆びた幅広な大剣を持ち、タチアナと同じく鎧すら身に着けていない白髪の少年剣士。年齢は十六、七といったところだろう。

――【全知】と共に世界を蹂躙し、『大崩壊』を引き起こした【剣聖】。

おそらく、その全盛期の姿っ！！！！

ハルが今、目の前で起こった事実を解析する。

「【偽影の小瓶】に《魔神の欠片》と自分自身を喰わせ、再顕現させたのか。夏樹が、彼の息子や、ユマという名の実の娘以外を生み出す為に研究していた技術の流用……無茶をする。そんなにも僕を殺したかったのかい？」

「愚問だな」

気を抜くと身体が臆し、戦意喪失になる程の桁違いの魔力。

これって……【魔神】のっ⁉

「「くっ！」」「こ、この人……もう、人じゃありませんっ！　こ、こんな、こんなっ‼」

私とタチアナは奥歯を噛み締め、タバサの悲鳴を聞く。

【剣聖】が剣を振るうと――身体と剣身が、血の如き赤と黒に染まっていく。

「貴様を――秋を救わず、私の復讐を止め、老いという呪いをこの身に与えた貴様をこの手で殺す為っ！　私は二百年を生き延び、かつての盟友すらも手にかけたのだっ！！！！！　貴様を今度こそ殺し尽くし……この世界を滅ぼす。秋をっ！　私達をっ！　数千、数万の召喚された者達を使い捨てにした、こんな醜い世界なぞ、存在してはならないのだっ！」

ハルは右手を伸ばし――異国の剣を顕現させた。

【勇者】の遺刀【月虹】。

復讐鬼と化した大英雄の殺気が更に濃くなった。

育成者がかつての戦友に宣告。

「では……そんな悲しき大英雄様を今再び止めるとしよう。亡き友と、僕に『心』と『名』を与えてくれた、優しき大英雄達との約束の為に」

「「いざっ‼」」

＊

ハルと【剣聖】が同時に叫ぶと、憎悪と血に染まった赤黒い聖剣が振るわれ、無数の斬撃へと変化し、襲い掛かってきた。

黒髪の青年も漆黒の雷を放ち、冬夜へ疾走。

斬撃を迎撃しながら私達へ注意喚起してくれる。

「レベッカ！　タチアナ！　聖剣の形は千変万化だ‼　剣身だけを目で追わず、《時詠》を信じてっ‼」

「「了解っ‼」」

跳躍したハルと【剣聖】とが空中で激突。

【勇者】の遺刀と魔杖【レーベ】が、禍々しき聖剣とぶつかる度、大広間に大衝撃が走り、余波で、空中にいた数体の飛竜が吹き飛び、柱や壁に叩きつけられる。

とんでもないわね。……でも！

私は魔法剣を全力発動。防御をタチアナの【楯】に任せ、雷を冬夜へ叩きつけた。

――が。

「う、嘘でしょうっ⁉」

届く前に斬撃に刻まれ、四散。魔法障壁にすら届かない。

地面に降りるまでの間、ハルと千を超える斬り合いをした【剣聖】の唇が嘲りを示す。

タチアナが剣を地面に突き立て、

「ならっ！」

冬夜の足下から、【楯】が出現。

貫かん！　としたものの、

「ククク――今、何かしたかぁ？　ひよっこ共っ！」

堕ちた大英雄は直上に跳躍。

蒼薔薇の形をした【楯】の頂点に立ち、私達を見下ろす。

これだけの攻撃を受けながら、一撃すら受けていない。

戦場では冷静沈着、常に余裕を失わない歴戦の副長様が顔を強張らせる。

「め、滅茶苦茶ですね」

――バチバチと凄まじい漆黒の紫電が舞い散った。

一瞬で前方に精緻極まる魔法が形成。

ハルが魔杖を突き出し、魔法名を口にする。

「【黒雷】」

「効くものかよっ！！！！」

漆黒の雷が虚空を走り、冬夜もまた聖剣を振り下ろす。

私達は咄嗟に魔法障壁と【楯】を全力展開！

「「きゃっ！」」

それでも衝撃を殺せず、悲鳴。

大広間の天井、柱、壁の過半も耐えきれず崩落し、戦場の光景が一気に変更を強いられていく。

——魔法の発動が止まった。

「ハル！」「ハルさんっ！」

すぐさま、青年の傍へと駆け寄り、頭上を見上げる。

そこには瓦礫の山の上、勝ち誇る【剣聖】が佇んでいた。

「ハルの【黒雷】を真正面から防ぎ切ったの⁉」「そんな……」

私とタチアナは絶句。

今までも、強敵、難敵と戦ってきた。

だけど、ハルの魔法をここまで完璧に防ぎ切った相手はいなかった。


この男……間違いなく、最強の敵だわっ！


後方からタバサとシャロンが叫んだ。

「心臓ですっ！　心臓に埋め込まれた小瓶から、魔力が供給され続けてますっ！」

「ひ、悲鳴が……悲鳴がずっと聞こえています」

肩越しに見やると、妹弟子の瞳に紋章が浮かび上がり、妹の周囲には光球が漂っている。

タバサはともかく、シャロンのあれは精霊？

疑問に思う中、ハルが息を吐(つ)いた。

「……流石(さすが)だね、冬夜」

「貴様の賛辞など、反吐(へど)が出るっ」

赤黒い魔力を噴出させ、【剣聖(けんせい)】が聖剣を振るった。

ハルもまた長刀を振るい、斬撃を相殺。

冬夜が空中に浮かび上がりながら、憤怒を示す。

「その刀は秋の物っ！　本来、貴様ではなく——私が受け継ぐべきものだっ‼　一々癇に障る獣がっ！！！！」

「ハルを獣呼ばわりするなっ！」「不快ですっ！」

「！」

油断し切っている大英雄を、【雷神化】した私とタチアナが挟撃。

剣を、振るう、振るう、振るい続けるっ！

聖剣は分類としては大剣。接近戦には向かない。

たとえ、相手が大英雄といえど、その原則は普遍だ。

故に——とにかく、手数で攻め続ける！

瓦礫の山の上に後退し、冬夜が忌々しそうに呟く。

「小賢しい。貴様等程度で私を倒せる、っ⁉」

薙ごうとした聖剣が、ハルの雷鋼槍で大きく弾かれる。

態勢を立て直す隙すら与えず、容赦のない弾幕の奔流。

ハルが片目を瞑った。

「三対一だけど、卑怯とは言わないよね？　君は世界を救った大英雄様だ」

「お、のれぇぇぇ！！！！」

「「はぁぁぁぁ！！！！！！！！」」

冬夜の罵倒を掻き消すように、私達の全力攻撃が炸裂。

瓦礫ごと吹き飛ばし、盛大に土煙があがった。着地し、私達は顔を顰める。

「……とんでもないわね。【六英雄】って、みんなこうだったの？」

「三人がかりの攻撃を凌がれると、少し凹みますね」

【剣聖】は顔を悪鬼の如く歪めながらも、依然として無傷で健在。

かと言って、エルミア達やサクラ、ハナ、ルナ姉妹も【賢者】の影と龍と激しく交戦中。

正直手詰まりだ。長期戦は不利なのにっ。

ハルが魔杖を振ると影が広がり、邪魔な瓦礫を呑み込み、消失させた。

「――いや」

身体と長刀に雷を纏わせ、不敵な笑み。

緊迫した場面なのに……胸が高鳴ってしまうのは、もうどうにもならない！

「かなり無理をさせているよ。そうだよね、冬夜？」

「…………遊びは終わりだ」

【剣聖】が両手で聖剣を掲げると、生き物のように広がっていた赤黒い魔力が集束。

剣身が大渦を巻き、瞬き始めた。

「「！」」

【始原の者】すら傷つけた、我が【聖撃】──受けられるものなら、受けてみるがいいっ！！！！」

振り下ろした瞬間──鮮血の如き大斬撃が私達へ襲い掛かるっ！

「レベッカ、タチアナ！」

「「ええっ！」」

【勇者】の遺刀による横薙ぎに、私とタチアナも呼応する。

「「やぁぁぁぁぁ──────────────────！」」

【聖撃】なんて名前に全く似つかわしくない冬夜の禍々しい一撃と、私達三人の力を合わせた一撃とが真正面から激突！

音が消え──弾けた。

暴風が激突点を中心にして、放射状に拡散し、大広間を完全に崩壊させていく。

シャロンとタバサ達は⁉

ハルに支えられながら肩越しに見やると、魔法障壁と古書に守られたニーナが少女達を抱きかかえ耐えているのが見えた。頼りになるメイドね！

ガシャン、という音がし、【剣聖】が膝をつき、剣を地面に突き刺した。

「ば、馬鹿なっ！　【黒禍】の支援を受けたとはいえ、この程度の者達に、ごふっ……」

口から鮮血が溢れ、あっという間に髪が白く白く染まり、顔と手に皺が走っていく。

――老人に戻った⁉

タバサとシャロンが、ニーナにしがみつきながら、教えてくれる。

「い、一気に魔力が弱く……心臓の火も……」「ひ、悲鳴も小さくなっています」

苦しそうに荒く息をつく冬夜を、ハルが厳しく見つめ、魔杖を掲げた。

冬夜の周囲に魔法陣が現れ、アザミの植物が絡まりつく。

禍々しい魔力が弱まり、老人は苦鳴をあげた。左腕に罅が走る。

「こ、この魔法……【魔神】の封印式かっ⁉　お、おのれぇぇっ！！！！！」

！　ラヴィーナ、ハナ、ナティアが研究していた封印方法⁉

ハルは、今にも砕けそうな老人の左腕を見やり、悲しそうに頭を振る。

「まさか、未完成だよ。それでも――『真正面で迎撃し、打ち砕く』と決めた時点で、勝つ為なら何でも使うさ。『勝てば官軍』。最初に旅をした子が良く言っていた。無茶苦茶な外法を使った弊害で、身体が砕けかけているね？　そこまでやっても、全盛期には程遠かったけど。――【剣聖】三日月冬夜。此処までだ。せめて、最後は旅を共にした僕の手で」

ハルが長刀を消し、左手に黒き雷の剣を形成させた。

私とタチアナは臨戦態勢を維持するも、固唾を呑む。

視界の外れで、エルミアとシルフィの【一射】が、魔導書に拘束された影を射貫くのが見えた。

「はぁはぁはぁはぁはぁ…………【魔神】の力だけで足りないならばっ！」

唇を血が噴き出る程、噛み締め、老人は植物の枝を引き千切り、立ち上がった。

身体の一部が砕け落下。灰になるも、気にした様子は見せず、

「「っ！」」「…………」

己の心臓に右手を突き立てた。私とタチアナは息を呑み、ハルも険しい顔。

老人の手に握られているのは、血塗れの【全知】の魔道具【偽影の小瓶】！

加えて、左手で懐をまさぐり、二つの小瓶を取り出した。

――中に入っているのは深紅の砂と黒い血。

《女神の遺灰》⁉　な、ならもう一つは……ハルが信じられない大喝。

「冬夜っ、駄目だっ！　本当に、戻れなくなるぞっ！！！！！」

けれど、堕ちた大英雄は一切聞かず。

血走った瞳に殺意を宿す。


「【女神】と【龍神】の力を足すまでだっ！　私は必ず、お前を殺すっ！！！！！」


小瓶を呷った瞬間、漆黒の雷が殺到。

全てを穿ち、吹き飛ばそうとし――深紅のゆらゆらした魔力に弾かれる。

「ガァァァァァァァァァァァ！！！！！！！！！！！！！！！！」

【剣聖】だった存在が、王都全体を揺るがす程の大咆哮。

身体自体も大きく変貌。ボコボコと音を立てながら、筋肉量が肥大。

髪と瞳が深紅に染まり、背には影のように揺らめく翼が十六枚生まれていく。

こ、これって……【悪魔】を模して！？！！

横合いから、シルフィの光の矢が降り注ぐも悉く消失。

「ハル！」「お師様！」

【賢者】の影を倒したエルミアとナティアが、参陣しようとするも、

「──邪魔ハサセン」

「っ！」

怪物は無造作に左手を振るって気持ちの悪い結界を張り巡らせ、妨害した。

エルミア達なら何れは突破出来るだろうけど……急場には間に合わないわね。

瞳に底知れない憎悪と知性を表しながら、怪物は聖剣を高く、高く掲げた。

先程とは比較にならない程の魔力が、凶風を纏い集束していく。

「コレデ最後ダ──……コノ時ガ来ルノヲ、ワタシハ二百余年、待ッタゾッ！　死ネ！　死ヌガイイッ‼　黒禍ァァァァア！！！！！！」

射線上には、シャロンとタバサ達がいる。回避の選択肢はない。

――つまり、受け切る他無しっ！

美しい氷華が舞い踊り、蒼薔薇（あおばら）を模したタチアナの【名も無き見えざる勇士の楯（たて）】を強化していく。【銀氷（ぎんひょう）】を重ねて⁉

ハルが眼鏡をかけ――『レーベ』に全魔力を結集。短く名を呼んだ。

「タチアナ」

「時間稼ぎはお任せです♪」

それだけで察し、美人副長は私達の前方へと駆けだした。

全力で【楯】を展開し、怪物へ挑む姿は正しく――勇士。

黒髪眼鏡の青年が魔杖を突き出した。

「レベッカ！」「えぇっ！」

双剣を重ね、最後の一滴まで魔力を注（つ）ぎ込む。

黒と白の紫電が混ざり合い、初めて見る雷が生まれていく。

圧倒的な高揚感。

ハルは――私が大好きな育成者さんは、私を心から信じてくれているっ――！！！！

半瞬でも時間を稼ぐべく、怪物へ挑みかかったタチアナに、鮮血の斬撃が襲い掛かる。

タチアナは《時詠》で全てを先読みし、【楯】を数十枚重ね、防ぎに、防ぐ。

苛立たしそうな罵倒。


「邪魔ダッ！　矮小ナ蛮人ノ身デ我ガ前ニ立ツナッ‼　私ハ貴様等トハ違ウノダっ‼」


「御断りしますっ！　私――ハルさんの【楯】なのでっ‼‼」

タチアナは即答し、【楯】を怪物の目元へ叩きつけ、叫んだ。

「ハルさん！　レベッカさん！」

私達は一気に全魔力を解放。


「「【天雷】」」

純白と漆黒の雷が地を駆ける！

全身がバラバラになるような感覚。長くは持たない。

「舐メル、ナァァァ！！！！！！！！！！！！！！！！！！！！」

　怪物も呪剣を振り下ろし、天地を揺るがす斬撃で大魔法に対抗。

「ぐっ……！」

　私達は押し込まれ、ジリジリと後退。

　こ、このままじゃ――ふっ、と背を押される感覚がした。

　肩越しに見ると、二人の黒髪の少女が私へ微笑んでいた。囁かれる。

『この人をお願いします』『お願いね！』

　途端――雷の出力が跳ね上がり、冬夜が悲鳴をあげる。

「あ、秋⁉　春⁉　ソ、ソンナッ！　何故ッ！　何故ッ！！！！！！！！」

「ハル！」「ああっ！」

　青年の名前を呼ぶと即座の呼応。

最後の魔力を注ぎ込み——

「「これでっ！！！！！！！！！！！！！！！！！！！！！！！！」」

「！？！！！！！！！」

【聖撃】を押し返し、雷は全てを呑み込み——炸裂。

反撥で双剣が手から零れ、柱に突き刺さるのが見えた。

ハルに抱きしめられ、衝撃に耐える。

——永遠とも思える短い時間が経ち、私は恐る恐る、前方を見やった。

あれ程強固だったアザミの戦略結界が弾け飛び、大広間だけでなく、王宮自体が崩壊している。

「ハルさん！　レベッカさん！」

「おっと」「きゃっ！」

涙ぐんだタチアナが飛び込んできた。【天雷】を撃てたのはこの子のお陰ね。

魔力を探る限り、みんな無事のようだ。龍達の姿はない。……撤退した？

「——まだ」「此処からは私達が」「任せてっ！」

エルミア、ナティア、サクラが私達の前へ。

何があったのか、ファンは顔を真っ赤にしているシャロンを抱きかかえ、タバサはニーナの背中だ。

シルフィは光弓で狙いを定め、ハナとルナは神狼に乗り、次々と魔法を展開していく。

砂煙が晴れ――私とタチアナは戦慄した。

「……化け物」「……不死身、ですか？」

折れた聖剣を支えとし、【偽影の小瓶】を右手で握り締める血塗れの老人がハルを視線で殺さんとばかりに、睨みつけていた。

「まだ、だ！　まだ、私は――なっ⁉」

突然、二つの影が冬夜を強襲した。

ユグルトとレギン⁉

短剣を老人に突き立て、黒外套の青年が叫んだ。

「……父の、兄の仇めっ！！！！　ユマの小瓶を返せっ‼　レギン！」

「分かってるわっ！」

帝国の元『勇者』が剣を振るうと――冬夜の右腕は枯れ枝のように宙を舞った。

「がっ！！！！」

血塗れの【偽影の小瓶】が地面に転がり、冬夜は声も無く地面に伏す。

ユグルト達は小瓶を回収すると、大きく距離を取った。見事な手並み！

ハルが前へと進み出て寂しそうに宣告する。

「今度こそ、本当に終わりだよ、冬夜」

「……ま、だ……」

大英雄は血を吐きながら這ったまま、左手を伸ばし、右腕を無理矢理再生させようとするも、崩れていく。

それでも、何度も、何度も繰り返す。

……人の執念。

私達が慄然としていると、エルミアとナティアが前へ進み出た。

ハルに代わって止めを刺すつもりなのだ。

――正にその時だった。

「【六英雄】最弱で、頭も悪くて、『三列強首脳を一挙に暗殺する』っていう、簡単な計画すら失敗する使えないこんな子でも――『理外の存在』には、まだまだ使い道があるの。私の野望の為、殺させるわけにはいかないわ、エルミア、ナティア」

蒼白い帽子に蒼白のドレスを纏い、長い白髪を持つエルフの美女が姿を現し、冬夜の背中を踏みつけ、美しく微笑んだ。

苦しそうに呻く老人を、意にも介していない。

こ、この人。『一角獣亭』の温泉で会った⁉

珍しく、エルミアとナティナが狼狽する。

「なっ！」「ど、どうして……」

私達は余りの出来事の絶句し、ユグルト達も呆然。

タバサとシャロンが悲鳴をあげた。

「こ、この人、【剣聖】よりも魔力が上ですっ！」

「せ、精霊さんの声が聞こえませんっ！」

『なっ⁉』

冬夜よりも、上！？！！

ハルが目を細める。

「……そうか。君が裏で手を引いていたのか。各国で起こった出来事といい、女神教の件といい……道理で、広範囲に影響を与えていると思ったんだ」

エルミアとナティアも驚愕し、名前を零す。

「【蒼楯】ステラ・アッシュハート」「……生きて？」

この異名って……エルミアが夜話で教えてくれた、最古参組でありながら、ハルの教え子を自分から辞めて、反旗を翻したっていう!?

「裏切り者には死を」

頭上から降り立った黒髪の少女――アザミが高下駄で地面を叩き、魔法を容赦なく発動させた。植物の大波が美女へと迫る。

すると、美女は左手に、尋常じゃない魔力を秘めた短刀を顕現。

氷華が舞い、植物だけでなく、周囲一帯を凍結させていく。

ハルだけを見つめ、愛おしそうな告白。

「また、必ず会いましょう。愛しい貴方。古の約束通り、今度こそ――私が殺してあげる。貴方に貰った【諸行無常】をその心臓に突き立てて。それまで、どうか元気でいてね？」

影が美女と冬夜を呑み込み――消えた。私達は呆然。

エルミアが片手を挙げた。

「……全域偵察。全員で追え」

『はいっ！』

力を使い果たしている私とタチアナ、へたり込んでいる戦闘員ではないシャロン、タバサ、ニーナを除く面々が四方に散った。

……大英雄と龍だけでも厄介なのに、教え子の裏切り者なんて。

「ハル……」「ハルさん……」

「難題だね。でも――」

魔杖が光を放ち、幼女の姿に。

元気いっぱいな様子で「ママ♪」と私へ抱き着く。

ハルが普段通りの笑み。

「此処は僕等の勝ちだ。レベッカ、タチアナ、ありがとう。……これからも大変だけど、僕を助けてくれるかい？」

眼鏡の奥の瞳に、微かな……ほんの微かな不安が見て取れた。

私とタチアナは顔を見合わせ、くすり。

胸に手をやり、短く答えた。

「勿論（もちろん）！　私達に任せてっ‼」

＊

「ん～……何だか、とっても久しぶりな気がするわ」

私は辺境都市ユキハナの廃教会内居住空間に入るなり、ソファーへ飛び込み、寝転がった。

王都王宮での戦いから早一週間。

『大崩壊』以後、最大の激戦』

世間では、実（まこと）しやかにそう囁かれているとジゼルの手紙には書かれていた。

……確かにそうだったわね。自分でも、生き残れたのが不思議なくらいだし。

「ママ♪」

「ん～」

とてとて、と歩いて来たレーベを抱きしめ、額を合わせる。幸せな気分。

――こっちへ戻ったのはハルとエルミア。

そして、私と迷宮都市帰還の途中で数日滞在予定のタチアナ。

タバサとニーナもどさくさに紛れてついて来てしまったし……早くもエプロンを身に着けている黒髪眼鏡の青年の申し出で、新しい教え子になったシャロンも一緒だ。

曰く――

『精霊の声が聞こえるシャロンは今後、【蒼楯】の目標となり得る。【エーテルフィールド】の始祖は精霊に愛された。君達のお母さんは、その末裔だったみたいだしね。何より――レベッカの妹を危険に晒すわけにはいかないよ』

……ちょっと嬉しい。

今はエルミアとタチアナが引率して、倉庫を巡っている。もう少しで戻って来るだろう。

なお、他の子達は【剣聖】と【蒼楯】、黒外套達の捜索を行っている。

サクラとシルフィは、廃教会に来られなくて一番残念がっていた。

柔らかいお昼の陽光がソファーに差し込み、白と黒の二匹の子猫がやって来て、レーベのお腹の上に登って来た。……こんな子達いたかしら？

テーブルに置かれていたメモを読んでいたハルが、嬉しそうに呟く。

「……へぇ……何だかんだ僕達が戻って来るまで、二人共居てくれたのか。道理で、片付いているわけだ」

「ハル？」

私は子猫達と遊んでいるレーベを持ち上げ、上半身を起こした。

黒髪眼鏡の青年が労ってくれる。

「お疲れ様、レベッカ。御褒美に明日はケーキを焼いてあげよう」

「……ショートケーキがいいー」

「御姫様の仰せのままに」

恭しくお辞儀をし、ハルが小袋を取り出した。王国土産の珈琲豆だ。

私は、レーベと謎の子猫達を撫で回しながら、名前を呼ぶ。

「ねーハル」

「ん～？」

棚から古いミルを取り出している青年へ、問いを発する。

「これから……世界はどうなるの？」

【剣聖】はどうにか退けた。

でも、あの男は諦めないだろう。何れ必ず、世界を、ハルを殺しにやって来る。

そして……最古参の教え子でありながら、魔短刀を以て彼を殺すと言う【蒼楯】ステラ・アッシュハート。

エルミアやナティアの話によると、【賢者】にとっても唯一の弟子だった女性らしい。

南方大陸ではルゼとラカンが大暴れ中。

三大国も一連の騒動で混乱をきたしている。

王都での会談を回避した十大財閥もどう動くかは分からない。メルの手紙にも、不穏な内容が書かれていた。

きっと——世界はこれからもっと荒れていく。

ハルが水を入れた金属製のポットを、炎の魔石にかけた。

振り返り、肩を竦める。

「どうもならないよ」

「……でも」

ハルは足下にやって来た黒い子猫に「……ソラめ。世界樹から連れて来るなんて、仕方ない子だなぁ」とぼやきながら、抱きかかえる。

「確かに、【龍神】は世界に愛想を尽かした。【魔神】と【女神】はもういない。【三神】がいなくなれば、他の神々も早晩力を失うだろう。世界樹も枯れつつあった」

「…………」

神無き時代がやって来る。

それが、何を意味するのか……私には分からない。

レーベと白猫はスヤスヤと眠り始めた。可愛い。

この絵を保存出来るようにならないかしら？

「でも、世界樹が枯れるまで、時間はある。人も昔みたいにひ弱な存在じゃない。やってゆけるさ、きっと、多分、おそらくは。種子を世界にバラまくよう、【龍神】に押し付けられたし、ね」

「……説得力がないんだけど？」

幼女と白猫を起こさぬよう、ゆっくりとソファーを降りる。

ハルの隣へ行き――恐る恐るくっつく。拒否されない！

「神がいなくなった後、世界が安定を取り戻すのは、百年、二百年じゃ利かない。レベッカは、少なくとも、五百……世界樹が途中で枯れれば、千年以上かかるかもしれない。そこまで生きるつもりなのかな？」

「貴方が生きるなら、そうしてもいいわよ？」

本気で答える。

世界中を旅し、ハルは黒猫を左肩に乗せ、結局この人の傍にいることを選んだ姉弟子は正しいのだ。

すると、ハルは黒猫を左肩に乗せ、苦笑した。

「残念。僕はそこまで生きるつもりはないよ。そもそも、『大崩壊』後は余生みたいなもんだしね。ま、ある程度まではどうにかしよう。【魔神】封印のこと。シャロンのこと。北のこと——諸々ね」

つまり、今後も死戦、難戦続き、と。

内心で決意を新たにしつつ、軽口を叩く。

「余生なのに、たくさん女の子を引っかけてるの？　【勇者】や【賢者】の教育がなってないんじゃない？」

「ひ、人聞きが悪いなぁ」

カップを用意し、お湯を注ぎながら、ハルが小さく零した。

心地よい風が吹き、私と彼の髪を揺らす。

「『どーせ、元の世界に帰れないのなら、私、人を教える側に——育成者になりたい！』。

春の口癖だったんだ」

「……そっか」

短く応じ、頭を肩へ乗せてみる。これも拒否されない。

私はますます上機嫌になりながらも、最大の懸念事項を問う。

「で？　【剣聖】と【蒼楯】はどうするの？」

「追うさ。どっちも、古い戦友であり、教え子だ。黒外套の子達とも何れ戦場で会うだろう。《魔神の欠片》と《女神の遺灰》回収も継続する」

つまり――状況に殆ど変化無し。

少なくとも、私がすることは明確だ。

跳ねるようにハルの前へ回り込み、手を両腰へ。

「――まぁ、分かったわ」

「何がだい？」

黒髪眼鏡の青年が、ちょこんと小首を傾げた。釣られて、黒い子猫も真似っ子。

「これからも、引き続き――レベッカ・アルヴァーンは、【辺境都市の育成者】ハルの【剣】として、そして」

左手を胸に当て、告白。

「貴方の教え子として――ずっと、ずっと、生涯に亘って傍にいることが、よ」

心臓が、ドクン、ドクン、と五月蠅いくらいに高鳴る。

やがて、ハルはふんわりと相好を崩してくれた。

「――……それは、とても良い報せだね」

「でしょう？　そう思ったのなら、エルミアに代わって、私が廃教会にいても、きゃん！」

突然、顔面にクッションが叩きつけられた。

入り口にいたのは、ジト目の白髪似非メイド。

ずんずん近づいて来ると、ハルの前で腕組みをして仁王立ち。

「……泥棒猫。少し目を離したら、これ。とっとと帝都へ帰れ。しっ、しっ」

「なっ⁉　エ～ル～ミ～ア～？」

「ハルの隣は私の聖域。渡すつもりはない」

「グググ……」

私が姉弟子と睨み合っている隙に、美少女副長が青年に訴えた。

「ハルさん♪　私、頑張ったと思うんです？　ハナとルナさんも、ようやく歩み寄ってくれましたし……御褒美として、一緒にまた迷宮探索に、ひゃん！」

「……タチアナ？」「……泥棒猫その二も粛清が必要」

私はさっき投げられたクッションを美少女へ叩きつけ、エルミアと共に詰め寄る。

一気に室内が騒がしくなっていく。

少し遅れて、タバサとニーナも戻って来た。

「ハルさんっ！　工房、使ってもいいですかっ！」「ハル様、お手伝い致します」

タバサは元気一杯。ニーナは淡々としながらも、楽しそうだ。

——一人、佇んでいるのは妹だけ。

「シャロン、どうしたの？」

「え、えっと……あの……」

妹は俯き、白金髪を指で弄った。

ああ、もうじれったいわねっ！

私がやきもきしていると、ハルが優しく声をかける。

「お入り。きっと——君は僕の最後の教え子になると思う。一緒に頑張っていこうね？　そうしたら、きっと、何れ彼にも会えるさ」

「！　わ、私、べ、別にファンさんのことを……あ」

シャロンが口元を押さえ、見る見るうちに頬を真っ赤にした。

妹は王宮での戦いにて、かの【烈槍（れっそう）】に助けられ——まぁ、そうなってしまったのだ。

教え子の伝統にのっとり、みんなで唱和。

『ふ～ん♪』

「あうぅ……あ、姉様っ！　み、皆さんまでっ！」

笑い声が室内に満ちていく。

ささくれ立っていた心には、一番必要な要素ね。

私達（たち）のお師匠様が、手を叩いた。

「さ、内庭へ。みんなでお茶にしよう。僕達は良く頑張ったのだから。レベッカとシャロンには珈琲を淹（い）れてあげるからね」

『は～い』

みんなが内庭へ向かっていくのを見ながら、私は青年の隣に立ち、話しかけた。

「これからもよろしくね？　ハル」

「こちらこそよろしく。レベッカ」

二人して、笑い合う。

これから先、どんなに苦しい戦いが待っていても、私はきっと立ち上がれるだろう。

だって、私の隣には世界で一番優しくて、カッコいい――【育成者】さんがいてくれるのだから！

ハルの左肩に乗っている黒い子猫が、楽しそうに小さく鳴いた。

エピローグ　大陸統一暦一三〇五年春　旧王都

【調律者】シャロン・エーテルフィールド

「その後は──シャロン先生！　その後、【育成者】様と【雷姫】様達はどうなったの？」

屋敷の内庭に設けられた硝子張りの一室に、少女の明るい声が反響しました。

耳が隠れる程度の白金髪に、輝く瞳。純白の剣士服を着ていて、近くの椅子には、十歳の子には似つかわしくない黒鞘に納まった【雷龍】の剣が立てかけられています。

私──伝説の英雄【雷姫】レベッカ・アルヴァーンの妹であり、エーテルフィールド大公家当主を務めるシャロンは、少女の髪をゆっくりと梳きました。

……姉様と再会した頃の私と同じくらいの長さでしょうか。

隣の椅子に座り、ニコニコ顔で私の話を聞いていた黒髪の少年が、義理の妹を注意しました。腰には【光龍】の剣を提げています。

「あんまり我が儘言っちゃ、駄目だよ」

「でもでも、お兄ちゃんだって、聞きたいでしょ？」

「それは……そうだけど……」

優しい少年は困った顔になり、私を見つめてきました。

血は繋がっていないけれど、本当の兄妹のように育ってくれて、とても嬉しい。

手を叩き、二人を促します。

「ふふふ、続きはまた今度。さ、訓練の時間です。屋敷へ戻って——アレン、カレン」

「はい、シャロン様」「は～い。お兄ちゃん、行こう♪」

少女——私の曾孫であり、次期『勇者』候補筆頭カレン・アルヴァーンが、義兄の手を引き、部屋を出て行きました。

純粋な資質としては、アレンの方が上かもしれませんが……あの子は優し過ぎる。

妹の補佐として、エーテルフィールド大公家を継いでくれれば。

私は席を立ち、窓を開けました。

一瞬映った姿は十代後半のまま。今のところ、身体に衰えは感じていません。

夫のファンや、サクラさん、タチアナさんも同じで、【天魔士】様の話だと、ハル様の補助魔法の副作用とのこと。

あの御方は、いなくなられても私達を驚かせます。

……胸が大きくなる作用もあったら良かったのですが。

「ふぅ」

爽やかな春の風に、長い白金髪がそよぎとても心地良いです。

旧アルヴァーン邸を呑み込むように枝を張り巡らせている世界樹の子は今日も元気。

後で、アリス御母様の御墓に手を合わせに行かないといけません。

レナント王国と自由都市同盟が、【引き籠もり皇帝】とその息子によって極盛期を迎えたロートリンゲン帝国に飲み込まれて、もう二十年以上経ちますが……私の習慣に変化はありません。姉様との約束でもありましたし。

――後方に気配。

ただし、敵意は皆無です。

快活な口調で話しかけられました。

「相変わらず、忙しいみたいね、もう少し話してあげても良かったんじゃない？　シャロン先生？」

「そう言うなら、仕事を手伝ってくれてもいいんですよ――ユマさん？」

振り返り、何時の間にかソファーで寛いでいる美女へ苦笑。

頭に二本の角。瞳は輝く金。長く伸ばした髪は腰までに達し、闇夜のような漆黒。普段と同じボロボロの黒外套を羽織り、短いズボンを穿いた長い脚を見せつけています。

――【追跡者】ユマ・ロックフィールド。

大英雄【全知】の血を引く世界で唯一の女性であり、明確な『不老』。

姓の『ロックフィールド』は、お義姉さんから貰ったものと聞いています。

私とは百年近い付き合いであり、親友です。……最初は敵対していましたが。

そんな美女がジタバタ。相変わらずの子供っぽさを披露してくれます。

「嫌よ。私は休暇に来ているのっ！　ただでさえ、ルーミリア王家から、追跡催促の手紙が毎月、毎月、山のように届いてさぁ……ねーシャロンも手伝ってよぉ。よぉ～」

ユマさんは、世界でも有数の追跡専門の冒険者として名を馳せているのですが、そんな彼女でもあっても、流石に……。

私はカップに新しい紅茶を注ぎ、見解を述べます。

「【四剣四槍】様と【拳聖】様の追跡をですか？　相手は、かの英雄王とハル様の最古参の教え子だった方ですよ？　スグリ姉様も同行されていますし。下手すれば……」

「すればー？」

行儀悪く丸テーブルへ左肘をつき、ユマさんが私を見ました。

相変わらず、綺麗な瞳。今は亡きタバサさんが、よく褒めていたのを思い出します。

あの方は、【女神の涙】を研磨する、という偉業を成し遂げられた後、多くの魔剣と魔杖を作製。他にも様々な技術を開発されましたが……【深淵を覗き込みし眼】の使い過ぎで、私達の誰よりも若くして亡くなりました。

遺書には、暗い文言は一切なく、

『私は全てやり切りました。みんなに感謝をっ！』

とあったそうですが……ただただ寂しいです。

カップを差し出し、回答します。

「都市の幾つかが消えると思います。私は絶対に巻き込まれたくないですね。姉様も、愚痴をよく零されてました。『あの二人、脳味噌まで筋肉が詰まってるのよ。しかも、ハルは何だかんだ甘いし。スグリに同情するわ』、と」

ユマさんがカップを受け取られ、目を細められました。

「……【雷姫】と【育成者】か……凄い人達だったわね……。ユグルトも何だかんだ尊敬していたみたいだし……」

「お兄さんの行方について、何か分かりましたか？」

「進展なーし」

手を振ると、金属製の腕輪が音を立てて鳴りました。お兄さんが作製された守りの魔道具だそうです。

「……可愛い妹を放り出して、何処へ行ってるんだか。兄様や姉様達、それにレギンが先に逝って酷く落ち込んでたし……変な真似してなきゃいいんだけど……」

「……そうですね」

奥様を大変に愛されていたユグルトさんを思い出します。

もしかしたら、レギンさんのお兄さんの御墓を訪ねて？

考えていると、ユマさんは焼き菓子を口に放り込みました。

「これ、ルブフェーラ商会の新作？」

「そうですよ。多分、ニーナさんが一番お忙しいと思います」

【宝玉】タバサさんが亡くなられた後——あの姉弟子はシキ家を去り独立。

今や帝国の菓子業界を牛耳るだけでなく、原材料調達の面でも辣腕を振るわれ、十大財閥に匹敵する商会を作り上げつつあります。

と——言っても、私にとっては、頼りになる優しい姉弟子のまま。

こうして、新作のお菓子を贈ってくださいます。

アレン、カレンを甘やかそうとして、少々困りますが。

「【閃華】は？」

「メル姉様は相変わらずですよ。冒険者ギルド代表として、帝国中を東奔西走。最近は『メル・プリマヴェーラ』と名乗られています。この前の御手紙では、『ジゼルさんに今すぐ生き返ってほしいっ！！！！』と魂の叫びが書かれていました。仕事が出来過ぎるのも考え物ですね。今度、ハナ姉様が【天魔士】を降りられるそうで、その準備もあるそうです。私達にも招待状が来ていました」

【龍神】が世界樹より去って以降、龍は殆ど人前に姿を見せなくなりましたが……強大な魔物達は依然として健在。

冒険者の時代は未だ続いています。

それでも、かつて、大陸全土に勇名を馳せた大クランの多くは、この百年で粗方消滅しました。名がそのまま残っているのは【黒天騎士団】くらいでしょうか？

メル姉様が所属していた【盟約の桜花】や、ハナ姉様とタチアナさんが率いられた【薔薇の庭園】も解散して久しく――その流れを継ぐ【双天の月花】が、今の大陸最強クランだと言えます。

団長は、【星射ち】ソニヤ・ユースティン。副長は【閃槍】ヴィヴィ・アトラス。参謀は【紅炎】マーサ・マト、という、綺羅星の如き面々が率いています。

【天魔士】の次代は、ロスさんと共に大陸最北方におられる【氷獄】のリル姉様。

その後はハナ姉様の弟子である、マーサさんでしょうか？

そこから先は……【天魔士】制度自体がなくなるかもしれませんが。

　突然、涼やかな冷気を感じました。

「――暗い顔をしていますね。大事な会議がある、というのに」

「「！」」

私とユマさんは身体を跳ね上げ、警戒態勢を取り――すぐさま、目礼しました。

入り口の扉の前にいたのは、長い白髪で大陸極東、秋津洲帝国の漆黒の着物を着られ、腰に最後の魔短刀【諸行無常】を携えられている儚げな美女。

「アザミ姉様、お呼び立てしてしまい、申し訳ありませんでした。王国崩壊以来でしょうか……お元気そうで、ホッとしました」

「元気ではありません」

かつて、美しい漆黒だった髪を純白にされた姉弟子が俯かれます。

「あの御方に……ハル様に、【銀嶺の地】への同行を断られた日に……………私の心は死んだのです。出来うることならば、この魔短刀で心臓を突きたいところですが、それもままなりません。主様は『生きるように』とお命じになりましたし、レベッカにもそう言われてしまったので。……面倒な事です」

相変わらずのようです。

……ハル様に同行を懇願し、断られたのは私も同じなのですが。

「それでも――お会い出来て嬉しいです、とても」

重ねて告げると、ほんの微かに微笑まれました。

手を伸ばされ、私の頬に触れられます。

「……レベッカに少しだけ似てきましたね。貴女は私を置いて逝かないように。姉弟子の命令は？」

「絶対、です」

「よろしい」

懐かしいやり取り。

教えてくださったラヴィーナ姉様やエルミア姉様は、今でも旅を続けられているのでしょうか？　今は海都におられるナティア姉様ですら、行き先は知らない御様子ですし……。

アザミ姉様がユマさんにつっかかります。

「【全知】の餓鬼はとっとと南方へ戻ればいいのでは？　婚期を逃しますよ？」

「なっ！　……ふふ、ふふふ……いい度胸をしているねぇ、【翠夢】うぅ」

「事実ですから。私は主様の御帰還を待っている身ですので」

「ぐぬぬ……」

この御二人、仲はよろしいんです。

ユマさんなんて、秋津洲まで会いに行かれていますし。

少年少女の駆ける音がし、アレンとカレンが戻って来ました。二人共、緊張しています。

「シャロン先生、御客様がお見えです」「タ、タチアナ・ウェインライト様です」

「ありがとう、アレン、カレン」

かつて、【不倒】と謳われ、ハル様の【楯】として数々の輝かしい武勲を挙げられたタチアナさんは――【銀嶺の地】へ赴かれ、唯一人帰還されました。

……ただし、彼の地で何があったのか、殆ど覚えておられないそうです。

その後、紆余曲折あり『今や帝国内でも皇帝に次ぐ権力を持つ』と評されるようになり、今では、何れ帝国内に王国を持つのでは？　と噂されています。

昔のように、何時でも会えたりはしませんが、良い方なのは間違いありません。

最近は、今や生ける伝説となった【光弓（こうきゅう）】シルフィ・エルネスティン様や、ロスさん達やトマさんと盟約を結んだり、北方出身の獣人族や大陸有数のクラン【紅炎騎士団（こうえんきしだん）】【蒼炎騎士団（そうえんきしだん）】を抱え込んだりしている等々、少々黒い噂もありますが……御考えあってのことなのでしょう。

ユマさんがアレンとカレンに抱きつき、頬擦り。

「二人共～元気だった～？」

「は、はい」「ユマおばちゃん、暑いよぉ」

「！　おばっ……」

ガクリ、と伝説的な冒険者が片膝をつきました。子供は容赦ないですね。

姉弟子がユマさんを見下ろし、二人へ名乗られます。

「屍（しかばね）は拾いませんよ？　さぁ、案内を。アザミと言います」

「はい！」「アザミお姉ちゃん、綺麗～☆」

「――……ありがとう」

二人に手を引かれ、アザミ姉様が部屋を後にされました。

頭を抱えていたユマさんも「あ～！　もうっ‼　二人を独占するなぁぁっ‼!」と叫びながら、後を追われます。

私は苦笑し、内庭を眺めました。

人を守ってくれた神々はもういません。

人が抗えない脅威を齎していた【始原の者】も消え、世界樹はゆっくりと枯れつつあります。

【神剣】【蒼楯】と【天騎士】【天魔士】【拳聖】【四剣四槍】の、大陸の地図すら変えた海都での死闘を知る者も少なくなってきました。

……私にとって、命よりも大切だった御二人も、もういません。

それでも、私達は歩みを止めるわけにはいきません。いかないんです。

ハル様と姉様は、私達を信頼して【銀嶺の地】へ赴かれ——【六英雄】の遺した最後の宿願を果たされたのですから。

今日はその決意を固め直す日。御二人が【銀嶺の地】へ出発された日なのです。

——世界樹の子の前にこの世ならざる美少女が現れました。

長く美しい白金髪で、毛先は七色。

着ている服はかつてハル様がお召しになっていた、魔法衣を模した白基調の物。足下には白と黒の猫が歩き回っています。

「――レーベ様」

私は深々と頭を下げました。

この御方こそ、ハル様が用いられた意志持つ世界最高の魔杖【レーベ】。

タチアナさんがその身を挺し持ち帰られ――以来、辺境都市ユキハナ郊外の廃教会で、白と黒の猫と共に暮らされています。

……昔はもっと明るかったのですが、今では淡々とした口調です。

細く白い手を掲げられると、精霊達が集まり――一面の花畑が形成されました。

はしゃいでいる白猫を抱きかかえられ、教えて下さいます。

「七竜も参集させた。急いで」

「有難うございます」

「あと、これ」

「何でしょう?」

てくてくと歩いて来られると、メモ用紙を差し出して来られました。

筆跡の違う姉弟子達の走り書き。

『**シャロン、頑張れ。でも、無理は厳禁**』

『ハル様の代わりは誰にも出来ない。貴女の最善を』

胸がいっぱいになります。

レーベ様が、昔のように満面の笑みになられました。

「エルミアとラヴィーナ、元気そうだった。貴女も遊びに来てね？」

そう告げられると、花吹雪が舞い――美少女の姿は掻き消えました。

レーベ様は、今や『神無き時代における神』に等しい存在なのです。

私はメモ用紙を心臓に押し付け、誓います。

――はい、必ず。皆さんを誘って。

ユマさんが私を呼ぶ声が、聞こえてきました。

「シャロン～はやく～」

「ユマさん、今行きます！」

――世界樹の子等を守る、【エーテルフィールド】【アルヴァーン】【六波羅】といった八大公家と、世界の『律』を守る七竜。

神に等しい【意思持つ魔杖】。

そして何より、優しき【育成者】様は人を――世界樹が育つまでの時間を補い得るだけの人材を残してくれました。

――ならばやって見せましょう。

五百年だろうと千年だろうと、本当の意味で人の時代が来るまでの『路』は、私が――【雷姫】レベッカ・アルヴァーンの妹であり、【育成者】ハル、その最後の弟子であるシャロン・エーテルフィールドが、何が何でも遺してみせる！

それこそが――この私の生きた証となるのですから。

取り残されてしまったらしく、花畑の中で困っている黒猫を抱き上げると、

「！」

両肩を二人に軽く叩かれたかのような感触。

北方の風が吹き――百年前に植えられた世界樹の子が、私を励ますように音をたてて、枝を揺らしました。

あとがき

半年ぶりの御挨拶、お久しぶりです、七野（ななの）りくです。

無事、六巻出せました！

そして、『辺境都市の育成者』は本巻で完結となります。此処（ここ）まで書けて良かった。

内容について。

世の中には歴史嫌いの人が案外と多いです。

その人達に『何故（なぜ）？』と尋ねると、大概こういう台詞（せりふ）が返ってきます。

『歴史は暗記ばかりでつまらない』

何と勿体（もったい）ない！

歴史は単語じゃなく……『人』です。

一人一人の人生を追いかければ、それだけで面白く、幾らでも楽しめます。

『辺境』はそれをラノベでやれないか？　という発想から書き始めました。

ハルが『旧（ふる）い時代の英雄』なら、レベッカは『新しい時代の英雄』。

そして、シャロンはそれを継いだ者として。

本巻以降も平和の時代は短く、戦乱の時代は長いですが……それでも、『公女』の時代に至るまで『人の時代』は問題を抱えながらも維持されていきます。

ハルとレベッカが遺した世界の綻びを再生させるのは、彼に任せたいと思います。


宣伝です。

『公女殿下の家庭教師』、同時刊行で最新十二巻が発売されました。

此方はまだまだ続きます。案外と、『辺境』で出て来たキャラの子孫多いですよ！

秋頃には新シリーズもお披露目出来ると思いますので、よろしくお願いします。


お世話になった方々へ謝辞を。

担当編集様、一先ずお疲れ様でした。新シリーズも頑張りましょう。

福きつね先生、毎巻素晴らしいイラスト、有難うございました。各方面での御活躍、陰ながら応援しております。

ここまで読んで下さった全ての読者様にめいっぱいの感謝を。

また、別シリーズでお会い出来るのを楽しみにしています。

七野りく

お便りはこちらまで

〒一〇二－八一七七
ファンタジア文庫編集部気付
七野りく（様）宛
福きつね（様）宛

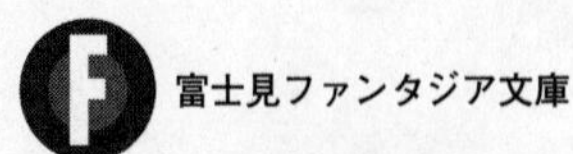

辺境都市の育成者6

伝説の育成者

令和4年7月20日　初版発行

著者――七野りく

発行者――青柳昌行

発　行――株式会社KADOKAWA

〒102-8177

東京都千代田区富士見2-13-3

0570-002-301（ナビダイヤル）

印刷所――株式会社暁印刷

製本所――本間製本株式会社

※定価はカバーに表示してあります。

●お問い合わせ

https://www.kadokawa.co.jp/（「お問い合わせ」へお進みください）

※内容によっては、お答えできない場合があります。

※サポートは日本国内のみとさせていただきます。

※Japanese text only

ISBN978-4-04-074611-1 C0193 ◇◇◇

ファンタジア文庫
イスカ
帝国の最高戦力「使徒聖」の一人。争いを終わらせるために戦う、戦争嫌いの戦闘狂
女と最強の騎士
二人が世界を変える――
帝国最強の剣士イスカ。ネビュリス皇庁が誇る魔女姫アリスリーゼ。敵対する二大国の英雄として戦場で出会った二人。しかし、互いの強さ、美しさ、抱いた夢に共鳴し、惹かれていく。たとえ戦うしかない運命にあっても――
シリーズ好評発売中！

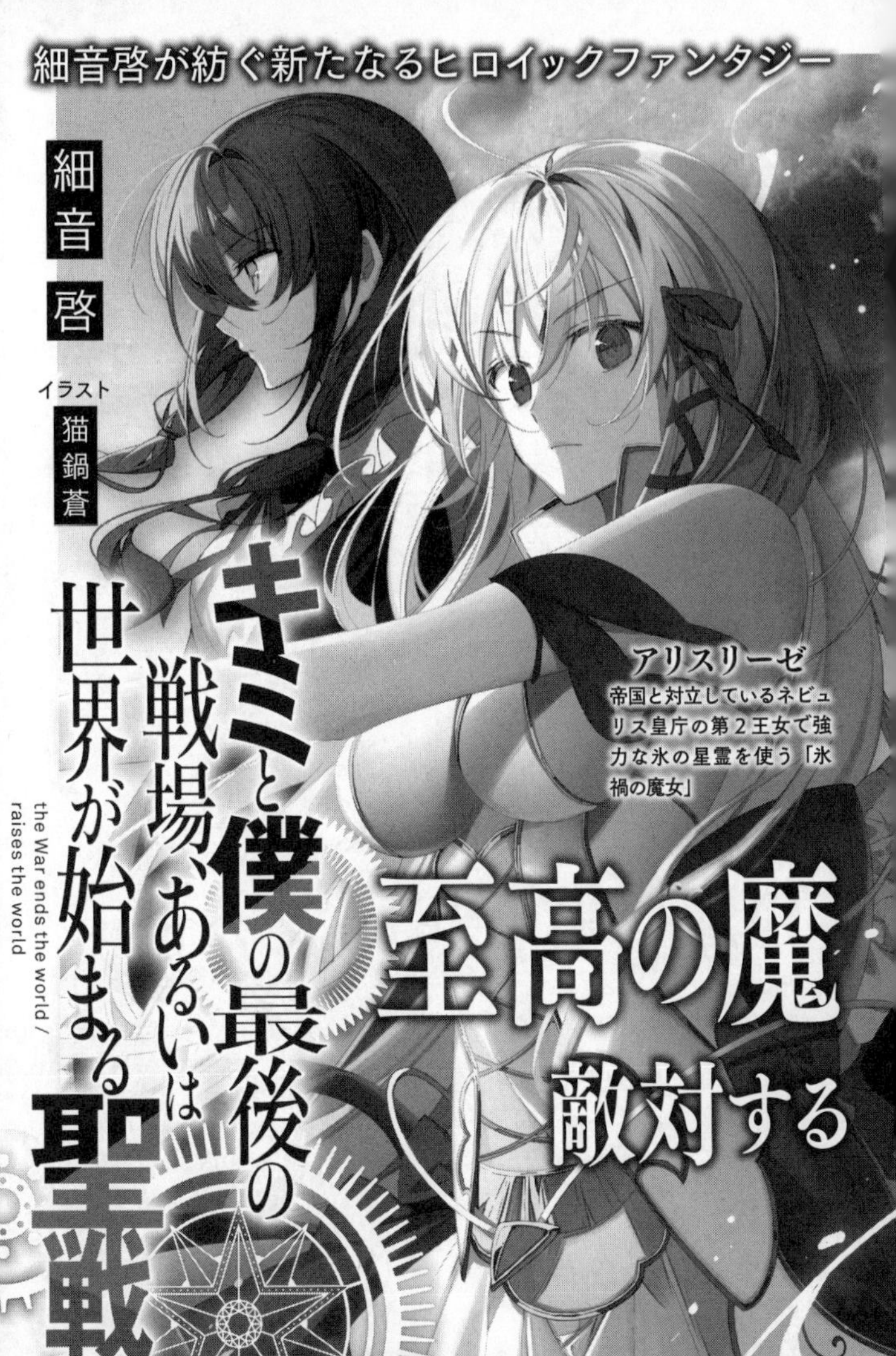
細音啓が紡ぐ新たなるヒロイックファンタジー
細音啓
イラスト
猫鍋蒼
キミと僕の最後の戦場、あるいは世界が始まる聖戦
the War ends the world / raises the world
至高の魔敵対する
アリスリーゼ
帝国と対立しているネビュリス皇庁の第２王女で強力な氷の星霊を使う「氷禍の魔女」

ティナ
四大公爵家のひとつ、ハワード家に生まれた公女殿下。なぜか誰でも扱える程度の魔法すら使うことができない。
変える
はじめましょう
アレン
公爵令嬢ティナの家庭教師を務めることになった青年。魔法の知識・制御にかけては他の追随を許さない圧倒的な実力の持ち主。
発売中!

世界最強の

"不可能任務"に挑む少女たちの
痛快スパイファンタジー！

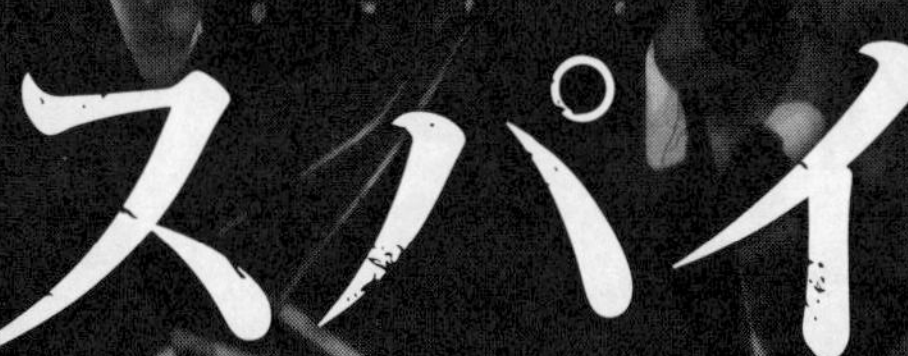

スパイ教室

竹町
illustration
トマリ

これは世界を救う

久遠崎彩禍。三〇〇時間に一度、滅亡の危機を迎える世界を救い続けてきた最強の魔女。そして——玖珂無色に身体と力を引き継ぎ、死んでしまった初恋の少女。

無色は彩禍として誰にもバレないよう学園に通うことになるのだが……油断すると男性に戻ってしまうため、女性からのキスが必要不可欠で!?

シシ世代ボーイ・ミーツ・ガール!

1

王様のプロポーズ

King Propose

橘公司
Koushi Tachibana

[イラスト]——つなこ

最強の初恋
シリーズ
好評発売中!
ファンタジア文庫

この少年
すべてが
てんじょうゆうや
天上優夜
異世界で
レベルアップした結果、
最強の身体能力を
手に入れた少年
シリーズ好評発売中！

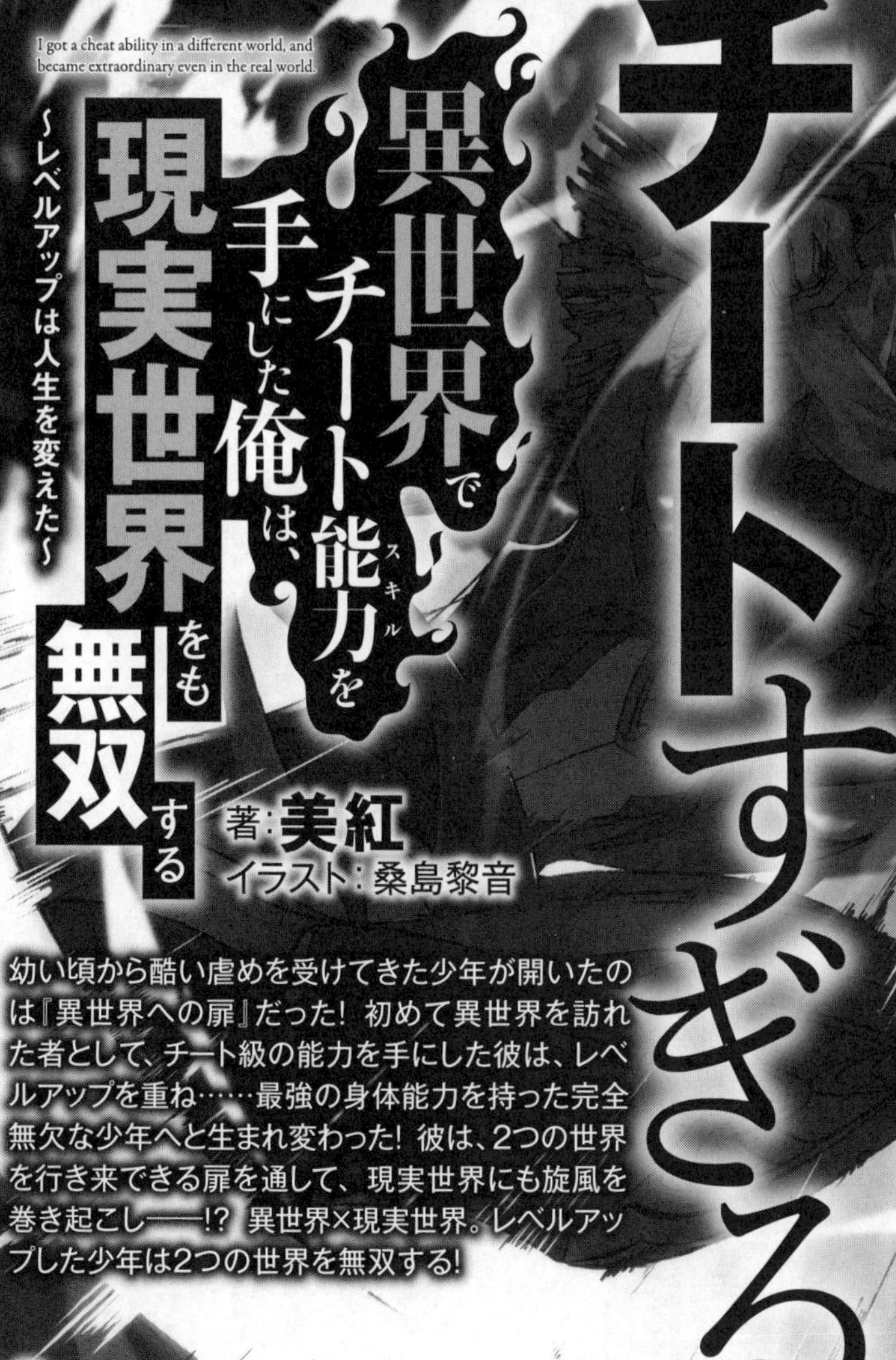

チートすぎる
I got a cheat ability in a different world, and became extraordinary even in the real world.
異世界でチート能力(スキル)を手にした俺は、現実世界をも無双する
～レベルアップは人生を変えた～
著：美紅
イラスト：桑島黎音
幼い頃から酷い虐めを受けてきた少年が開いたのは『異世界への扉』だった！ 初めて異世界を訪れた者として、チート級の能力を手にした彼は、レベルアップを重ね……最強の身体能力を持った完全無欠な少年へと生まれ変わった！ 彼は、2つの世界を行き来できる扉を通して、現実世界にも旋風を巻き起こし――!? 異世界×現実世界。レベルアップした少年は2つの世界を無双する！
ファンタジア文庫